송이에 운 천리지

숲에서 온 편지

김용규 지음

그책

나무와 풀 덮인 숲에
그가 산다

나무와 풀 덮인 숲에서 김용규는 농부로 산다. 잘 나가던 젊은 사업가가 도시생활에 환멸을 품고 농촌으로 들어간 이력은 그리 중요하지 않다. 텔레비전 프로의 단골 메뉴인 성공 스토리에서 얻을 수 있는 교훈적 내용에 질린 까닭이다. 나는 그를 만나기 전까지는 그렇고 그런 이야기의 주인공으로 알고 시큰둥해 했었다. 유별난 경쟁의 피곤함과 폭폭한 현실의 고통에 힘들어하는 사람이 김용규 뿐은 아닐 테니. 변신의 이유는 들어보지 않아도 세상을 살아본 사람이라면 누구나 안다.

누군들 변화와 개혁을 이루고 싶지 않겠는가. 성공 사례를 보며 두 손 불끈 쥐고 각오를 다지는 게 대부분의 사람들이다. 일회성 결심의 시효는 더 매력적인 사례를 만나면 무너지기 마련이다. 필연의 선택을 해보지 못한 이들의 공통점이기도 하다. 남들이 이룬 성과를 흉내 내는 것이 안전하고 멋져 보인다는 믿음은 이토록 집요하고 맹목적이다. 작은 확신을 실현하는 것조차 온 생애가 필요하다. 스스로 겪고 분별해내는 과정은 아무도 가르쳐주지 않을 것이기 때문이다. 갖고 싶고, 하고 싶은 일은 이미 만들어진 제도와 가치 너머에 있다. 하찮은 소망의 실현도 만만치 않다. 자신을 둘러싼 관계와 억압을 설득하고 깨 부셔야만 얻게 되는 전리품인 탓이다.

누리고 있는 알량한 편안과 안정을 목숨처럼 여기는 사람들은 끝내 알지 못한다. 그대로 앉아 있어 유지되는 달콤함이 전부가 아니란 사실을. 곳곳에 감추어진 세상의 비밀을 파헤치는 일은 강렬한 유혹이다. 다가서 만져보고 냄새를 맡으며 찔리고 뒹굴어야 알아지는 아름다움이 지천에 널려 있다. 제 스스로 찾은 기쁨과 즐거움이 삶의 시간을 재조립시키는 마법임을 아는 인간은 행운아일 것이다.

자신의 선택을 위해 모든 것을 뒤집은 그의 결단은 멋졌다. 누구나 입버릇처럼 떠드는 잘 먹고 잘사는 일이 인생의 목적이 아니란 자각일 것이다. 그 속에 채워야 할 자신만의 내용물이 더 소중했다. 삶의 시간을 관통하는 풍요와 의미를 지닌 대상이 방법이다. 운명적으로 다가온 숲은 김용규를 비로소 가치지향의 삶으로 바뀌게 했다.

여우숲 백오산방의 주인장 김용규가 아침에 일어나 숲을 걷는다. 가족과 같은 두 마리 개, 산과 바다가 동행한다. 천천히 걸으며 나무와 풀에게 인사를 한다. 그에게 숲의 모든 구성원들은 의인화된 지 오래다. 이 나무 저 나무가 아니다. 각각의 이름과 사연이 있는 친구이며 어머니이자 아저씨이기도 하다. 어떤 나무에겐 머리 숙여 합장하고 "별 일 없으셨소." 경배의 말을 건넨다. 나무의 숭고함을 느끼지 못했다면 어림없는 일이다.

산 사면에 심은 산마늘을 돌보는 일도 그의 일과 중 하나이다. 더 많이 수확하기 위해 거름과 비료를 쓰는 일은 없다. 숲이 만들어준 자양분만으로 농사를 짓는 것이 그의 농사 철학이다. 남들이 보지 않는다고 제 스스로 뱉은 말을 뒤집는 영악함이란 없다. 생긴 대로, 열리는 대로 거두어들이는 농작물의 소출이란 뻔할 것이지만, 그래도 상관없다. 그를 통해 땅의 진심을 파악했을 것이기 때문이다. 필요 최소한의 것으로 살아가는 숲의 구성원에게 배운 지혜를 실천할 뿐이다.

아무도 없는 산 속에서 사는 외로움은 어쩔 수 없다. 보름달을 향해 늑대 울음을 흉내 낸 괴성을 지르고 배회한다. 온 산에 메아리치는 늑대 울음은 골짜기의 간격만큼 증폭되어 처절하다. 그래도 무섭지 않다. 관계에 치여 넘쳤던 인간들이 있을 때도 마찬가지였다. 외로움은 해 뜨면 가려지고, 전화 속 아내와 딸아이의 목소리를 들으면 사그라질 듯하다.

　김용규의 원고를 먼저 읽는 행운을 누렸다. 솔직 담백한 문장들이다. 숲과 대화하고 관찰하며 오랜 시간을 보낸 인간의 성찰은 놀랍다. 세상을 꿰뚫는 원리를 발견하고, 인간의 관계를 진단하며, 자신을 돌아보게 하는 글의 힘이다. 지금은 처음 그에게 품었던 의심을 접어야 할 순서가 왔다. 몇 번의 만남을 통해 내 마음대로 친구 삼기로 결정했다.

비원에서　윤광준

스스로를 노래하는 삶

이 책은 평화로 가득한 숲에 살고 있는 내가 삭막함 가득한 숲 밖의 세상으로 보내는 편지입니다. 어떤 불안과 슬픔, 좌절과 통증을 끌어안고 살아야 하는 곳에 있는 그대에게 위로와 용기를 건네고 따뜻한 마음을 나누고 싶어서 보냅니다. 그저 힘내라는 무기력한 위로를 담지는 않았습니다. 스스로를 노래하는 삶을 살아가고 있는 내 삶의 토막들을 나누는 방식을 취해 보았습니다. 숲 속 내 삶에 배어 있는 기쁨과 분노와 슬픔과 즐거움을 발가벗어 담았습니다. 그 희로애락의 단편들에 대해 나지막이 묻고 답과 공감을 구하고 있습니다. 나의 편지는 그 속에서 우리 스스로 알아차리고 일어나고 다시 걸어갈 힘을 찾아내기를 희망하는 마음을 담았습니다.

어느새 숲에 산 지 5년의 시간이 흐르고 있습니다. 내가 살고 있는 여우숲으로부터 함께 살아도 좋다는 허락을 얻은 이듬해, 나는 밭의 흙을 다져서 오두막 한 채를 지었습니다. 직접 지은 그 산중 오두막에 '백오산방白鳥山房'이라는 이름을 짓고, 나는 드디어 숲과 함께 새로운 삶을 시작했습니다. 그리고 나는 농사를 시작했습니다. 밭에는 감나무를 심고, 층층나무와 산벚나무가 성기게 자리 잡은 숲 공간에는 명이나물이라 부르는 산마늘을 심었습니다. 토종벌을 구하여 토종꿀 농사도 시작했습니다. 식구도 늘렸습니다. 개 두 마리를 선물 받아 '산'과 '바다'라 이름을 지어주고 함께 지내고 있습니다. 그리고 이웃도 사귀었습니다. 한 달에 한 번은 마을 주민 몇 명과 도시인 몇이 모여 숲 세미나를 열고 함께 밥을 지어먹으며 노는 시간을 가져왔습니다. 틈틈이 동네 형님과 형수님으로부터 농사의 ABC를 배웠습니다. 마을 목수 형제들과도 두터운 정을 나누며 살고 있습니다. 그대도 이 편지로 모두를 만나게 될 것입니다.

　그리고 남는 많은 시간에는 침묵하며 숲을 거닐었습니다. 자연과 생명이 내게 전하는 이야기가 침묵 속으로 스며들어오면 더없이 기쁜 날이고, 잊기 전에 그 기쁜 가르침을 글로 적어두는 습관을 삶의 한 축으로 삼았습니다. 《숲에게 길을 묻다》는 그렇게 온전히 숲의 가르침을 들어 써낸 나의 첫 책입니다. 이후 두어 해를 보내면서 완도군의 아름다운 섬, 청산도의 생태와 문화를 안내하는 《청산도 생태문화도감》을 공저로 짓기도 했습니다. 그 과정에서 자연스레 많은 사람들이 이 숲을 찾아오기도 했고, 또 당신 계신 곳으로 나를 초대하기도 했습니다. 그 흐름을 따라 마을사람 몇 명과 도시인

몇몇의 참여를 모아 이 숲에 '숲학교 오래된미래'를 지었습니다. 숲과 생명, 자연이 가르치는 삶의 지혜들을 더 많은 사람들과 나눌 수 있게 되었습니다.

그렇게 나는 '스스로를 노래하는 삶'을 살고 있습니다. 본래의 내 모습을 회복하여 그 꼴대로 살아가고 있습니다. 한때 서울에서 CEO라 불리며 회사를 경영했던 삶의 기억은 낙엽처럼 썩어서 내 새로운 삶의 흙이 되었습니다. 나는 살 집을 스스로 짓고, 농사하고 글 쓰고 강의하면서 숲에 기대어 사는 새로운 삶을 온전히 누리기 시작하면서 나다움이 가득한 삶을 모색하고 실험하게 되었습니다. 나의 자존을 지킬 힘을 얻게 되었습니다. 자본과 권력이 자신들이 요구하는 대로 따르라 말할 때도 나는 가차 없이 거절할 수 있는 용기를 갖게 되었습니다. 이를 테면 나는 토종꿀 같은 나의 농작물을 돈으로만 사려는 사람에게 팔지 않습니다. 나는 꿀 한 숟갈에 담긴 꿀벌의 노고와 수백만 송이 꽃들의 향기를 함께 기억하고 감사하는 사람에게만 꿀을 팝니다. 두 장의 잎 중에 한 장의 잎을 주어 은은한 마늘 향기를 나누는 산마늘에게 고마움을 느끼지 못하는 사람에게는 그 잎을 팔지 않습니다. 나는 마땅하지 않게 요청하는 강의 자리에는 서지 않는다는 원칙을 지키며 살고 있습니다. 이렇게 사느라 자청한 가난을 벗어던지지 못하고 스스로 맞이한 내 삶의 겨울을 껴안고 지내는 시간이 생각보다 길었지만, 그래도 나는 스스로를 노래하는 삶을 살고 있습니다. 가난하다 해서 스스로

를 노래하지 못하는 것이 아니고, 세상이 알아주지 않는다 해서 또한 주어진 소중한 삶을 노래로 여기지 못하며 살 이유가 없음을 이미 알고 있기 때문입니다.

스스로를 노래하는 삶은 자기다움을 추구하며 사는 삶입니다. 내 것이 아닌 모습과 대상을 억지로 구하고, 또 지니고 사는 방식을 버리고 내 것의 희로애락을 추구하며 사는 삶입니다. 아울러 자연스러움을 따르는 삶입니다. 생명이면 모두에게 부여되는 기쁘고 슬픈 국면을 함께 받아들이고 겸허하게 건널 줄 아는 삶이 스스로를 노래하는 삶입니다. 오직 기쁨만 있기를 희망하는 욕심을 버리고, 삶의 모든 국면을 껴안으며 사는 삶입니다. 또한 나 아닌 타자를 중히 여기며 사는 것입니다. 나를 지키면서도 나와 이웃, 나와 다른 생명이 서로 연결되어 있는 그 망라적 관계의 지점들을 이해하고 지켜내며 사는 삶입니다. 나를 이웃으로 확장하고, 이웃을 생명의 관계까지도 확장할 때 저절로 가슴이 따뜻해지고, 저절로 노래 부르는 깊은 경험을 맞을 수 있기 때문입니다.

이 글을 통해 나는 그 경험을 나누고자 합니다. 하지만 이 편지를 모두 읽는다고 해서 단박에 스스로를 노래하는 삶을 살 수는 없을 것입니다. 또 어떻게 하면 그러한 삶을 살 수 있을지 그 구체적인 방법을 포착하는 것도 어려울 것입니다. 하지만 분명한 것은 그대가 공감의 폭을 넓혀갈 것이라는 점입니다. 눈부시게 아름다운 어떤 날에 쓴 편지에서 스스로를 노래하는 삶의 기쁨이란 이런 것이구나 그대 스스로 그림을 그려볼 수 있다면 좋겠습니다. 풀 한 포기, 나무 한 그루가 전하는 메시지에서는 그들의 욕망, 그들의 분투가 나와 다르지 않아 얼마나 눈물겨운지 공감하고, 그대를 위한 용기로 키워내면 좋겠습니다. 함께 사는 개들의 이야기나 이웃과의 이야기에서도 그러하리라 믿습니다.

특별히 나의 편지는 '받는 사람'이 불안과 절망, 상처와 통증을 껴안고 살아가는 이라면 더 좋겠습니다. 나 역시 한때 겨울을 견디는 나무처럼 살아낸 시간이 있었습니다. 그래서 봄이 얼마나 좋은 시간이고 긴 그리움인지 잘 알고 있습니다. 혹한과 언 땅의 겨울을 견디는 나무에게 당도한 봄소식처럼 그대의 응어리진 마음을 조금이라도 풀어낼 수 있는 편지가 될 수 있다면 더 없는 보람일 것입니다.

여우숲에서   김용규

차례

첫 번째 편지

스며들기

이따금 사람들이 겨울에 산중에서 오두막 생활을 할 때 가장 중요한 살림이 무엇인지 묻습니다. 눈 속에 갇힐 수 있으니 양식도 있어야 하고, 가끔 씻기도 해야 하니 물이 얼지 않도록 잘 살펴야 합니다. 함께 사는 개들의 양식도 바닥나지 않게 챙겨야 합니다. 그렇지만 겨울에는 무엇보다 아궁이에 불을 지피는 일만큼 중요한 일이 없는 듯합니다. 불을 때지 않은 방의 찬 바닥을 견디며 잠들기는 어려운 일이니까요.

그렇게 답하면 또 묻습니다. 불편하지 않은지, 무섭지는 않은지 말입니다. 왜 불편함이 없을까요. 대자연이 드리우는 계절적 변화 앞에 어찌 두려움이 없을까요. 태어나서 죽기까지 끝없이 사유하는 존재로 살아야 하는 실존이 인간입니다. 따라서 나 역시 기쁜 날도 많지만 때로 두렵고 때로 외로운 날도 있습니다. 그래서 이렇게 산중에서 자연과 함께 살자면 계절과 상관없이 챙겨야 하는 살림의 정수가 있습니다. 마음 살림이 바로 그것입니다. 불편함은 이런 마음 앞에 지워집니다.

일찍이 서양은 지난 200년간, 우리나라가 지난 50여 년간 이룩한 발전보다 더 놀라운 발전을 이룬 적이 없다. 분명 지금 나는 나폴레옹이나 세종대왕이 누린 것보다 더 큰 편리를 누리며 살고 있을 것이다.

두려움은 알아가고 느끼는 것 앞에 사라집니다. 처음엔 고라니의 울음소리를 멧돼지가 분노한 소리로 착각해서 두려웠습니다. 부엉이의 노랫소리는 어릴 적에 보았던 TV 드라마 '전설의 고향'에서 귀신이 출몰할 때 쓰였던 배경 효과음으로 대비하여 두려웠습니다. 그리고 이따금 산이 윙윙 울어대는 소리는 바람이 길을 바꿀 때 내는 소리인 것을 몰라서 무서운 마음이 들기도 했습니다. 그러나 이제는 모든 것이 나 아닌 것들과 단절된 마음에서 연유하는 것임을 알게 되었습니다.

또 자주 듣는 질문 중에 '외롭지 않느냐'가 있습니다. 이따금 외롭다 느껴지는 시간이 왜 없을까요. 이 또한 사람에 대한 기대에서 비롯함을 알게 되고, 무수한 생명과 사물 속에 내가 스며들지 못하는 데서 찾아오는 것임을 알게 되자, 곁에 두고 잘 어루만질 수 있게 되었습니다. 좁고 찌든 마음을 열어 천천히 내 밖의 세계인 자연과 연결하는 마음을 살려내면 웬만한 것은 문제가 되지 않습니다.

숲으로 떠나온 지 어느덧 다섯 해. 그간 자연이 나를 밀어내는 것이 아니라 내가 발 딛고 있는 천지와 어울리지 못하고 내가 자연을 밀어내는 것이 문제임을 알게 되었습니다. 차차 더 많이 스며들고 싶습니다.

백오산방 마루에 서서 바라보는 초승달. 이따금 부엉이 푸호~ 푸호호~ 울고, 나는 평화에 젖어듭니다.

타오르고 싶다면

산중 오두막이 긴 시간 눈 속에 갇히고 나니 먹고 자는 일에 문제가 생깁니다. 쌀독의 쌀도 얼마 남지 않았고, 그 좋아하는 담배도 마지막 갑을 피우고 있습니다. 더 큰 문제는 거실난방과 온수용으로 설치한 보일러에 기름이 거의 다 떨어져간다는 것입니다. 쌀이야 마을에 내려가서 지게로 져 올리면 될 일이지만, 난방유를 배달하는 차는 눈이 완전히 녹아야만 올 수 있을 것입니다. 어쩔 수 없이 거실난방은 얼지 않을 만큼만 하고, 거실과 열린 공간으로 닿아 있는 침실용 구들방을 최대한 덥혀 집 전체의 온도를 유지하기로 합니다. 그러니 당분간 아궁이를 뜨겁게 달궈야 할 겁니다. 그나마 땔감을 넉넉히 해둔 것이 다행입니다.

불 지피기는 자못 오묘한 작업입니다. 신기한 것은 어떤 날은 아주 쉽게 활활 타오르지만, 어떤 날은 연기만 꾸역꾸역 내뱉을 뿐 좀

처럼 불이 붙지 않아 애를 먹는다는 겁니다. 몹시 춥고 세찬 바람까지 부는 요즘 같은 날에 그런 상황이 되면 눈물 콧물 다 흘리며 아궁이와 한판 씨름을 해야 합니다. 요 며칠 이런 악조건에서 아궁이와 다투다가 문득 불 지피는 일이 꼭 삶의 성장 법칙과 같다는 생각이 들었습니다. 하여 매일 화부火夫로 살며 터득하게 된 연소원리 몇 가지를 전해드리니 제 인생 스스로 활활 타오르게 하고 싶은 이라면 자연이 가르쳐주는 연소원리에 한 번쯤 귀 기울여 보시기 바랍니다.

우선 과욕을 부려서는 타오르게 할 수 없다는 점을 기억해야 합니다. 큰 나무토막을 아궁이에 넣고 태우면 오랫동안 타기 때문에 긴 시간 따뜻한 구들을 유지할 수 있습니다. 따라서 불 지피기의 최종 목표는 큰 통나무 토막에 불을 붙이는 것입니다. 하지만 불을 잘 붙이지 못하는 원인의 대부분이 바로 이 큰 나무토막을 단박에 태우려는 욕심 때문입니다. 충분한 불쏘시개 없이는 절대 큰 나무토막을 태울 수 없습니다. 먼저 종이나 마른 풀 줄기, 낙엽 등을 태워 열을 만들어낸 후에 그 열로 가느다란 나뭇가지에 불을 붙여야 합니다. 얇은 나뭇가지들이 활활 타오르면서 내뿜는 작은 열기가 충분히 쌓이고 나면, 그제야 패서 말려놓은 조금 더 굵은 장작에 불을 붙일 수가 있습니다. 장작들이 타기 시작하면 통나무 토막을 집어넣어도 좋습니다. 이제는 절대 탈 것 같지 않은 굵기의 통나무까지도 길게 연소시킬 수 있을 때가 된 것이지요. 그렇습니다. 양질

전환의 자연법칙은 아궁이 안마저 관통하고 있는 것입니다. 연소의 첫 번째 원리는 바로 작은 것을 태우는 데 성공해야 큰 것을 연소할 수 있다는 것입니다.

연소에 실패하는 또 다른 원인은 서두름에 있습니다. 추운 겨울 날 얼른 불을 지피고 들어가 따뜻한 방에 눕고 싶은 마음은 누구나 굴뚝 같을 것입니다. 그래서 아주 추우면 어떻게든 나무를 가득 넣어 한꺼번에 태우고 싶어집니다. 급한 마음에 최대한 많이 장작과 통나무를 넣어 보지만 이렇게 하면 십중팔구 잘 타던 불마저 꺼지게 됩니다. 그 작은 아궁이에서조차 에너지는 대류의 원리를 따르기 때문입니다. 뜨거운 공기는 상승하고 차가운 공기는 내려오는 것이지요. 이때 아래로부터 산소가 공급되어 땔감 사이사이를 파고 오르지 못하면, 즉 바람 길을 만들어주지 않으면 이내 불이 꺼져버립니다. 그러니 연소의 두 번째 원리는 여백이라 하겠습니다.

세 번째 원리는 직접 체험해봐야 제대로 알 수 있는 아주 미묘한 부분입니다. 전체가 활활 타오르려면 불이 사방에서 고르게 타올라야 한다는 것입니다. 왼쪽 귀퉁이만 타올라서는 불씨를 잃기 쉽습니다. 한 귀퉁이의 연소만으로는 큰 나무토막을 태울 수 없습니다. 얼른 오른쪽도 함께 타오르게 해줘야 전체로 불이 확 번질 수 있습니다. 연소에도 시너지 혹은 확산의 원리가 있는 셈입니다. 그러므로 연소의 세 번째 원리는 균형이라 하겠습니다. 한 곳으로 치우치지 않는 균형을 유지해줘야 이윽고 마음껏 타오를 수 있는 것이지요.

그리고 옵션으로 치부할 수 없는 또 하나의 원리에 주목해야 합니다. 그것은 바로 아궁이 옆에 '부지깽이'를 두어야 한다는 것입니다. 먼저 연소되어 부피가 줄어드는 나무들 때문에 장작의 배열이 틀어지면서 아래로부터 산소가 공급될 공간을 막는 경우가 있습니다. 이렇게 되면 잘 타던 불도 완전 연소에 이르지 못할 가능성이 커집니다. 이때 부지깽이로 아주 조금만 공간을 열어주면 불은 더욱 잘 타올라 투입한 모든 나무토막을 완전히 태울 수 있습니다. 장작불의 스승이 부지깽이인 것이지요. 좋은 스승이 있으면 타오르기에 훨씬 좋다 해석할 수 있을 것입니다.

나는 모두의 삶이 활활 타오르기 바랍니다. 그렇게 타오르기 위해 내게 어떤 원리가 부족하고 절실한지 자신의 아궁이를 잘 살펴 제대로 뜨겁게 타오르는 삶을 이루시기 바랍니다.

세 번째 편지

멈춤과 전환

13, 8, 8, 6, 10, 19, 17, 18, 15, 13, 10, 13, 18……

난수표 같은 이 숫자가 무엇인지 아시겠습니까? 재작년 1월 1일부터 13일까지 기록한 이곳 산방의 최저기온입니다. 숫자 앞에 '영하'만 붙여주면 됩니다. 같은 기간 동안 밤 9시 뉴스는 국내외를 가리지 않는 세계의 이상 기후를 무엇보다 중요한 뉴스로 다루었습니다. 새해 벽두부터 13일 동안 연속으로 날씨 문제가 밤 뉴스의 주요 소식으로 전해진 적은 아마 없었던 것으로 기억합니다. 더 이상한 것은 뉴스가 왜 그 근원적 심각성을 다루지 않는가 하는 것입니다. 몇 년째 갈수록 예보 능력이 떨어지고 있는 기상청에 대한 비난은 자주 곁들여지면서도 말입니다. 다행히 어젯밤 뉴스는 평소에 도를 넘는 북극의 혹한과 남극의 엘니뇨현상의 문제를 분석 보도했습니다.

새해부터 쏟아진 눈으로 서울의 지하철이 '지옥철' 또는 '지각철'로 바뀌었다는 소식을 들으면서 여러 가지 생각이 들었습니다. 추세로 보면 기상이변은 갈수록 심각해질 텐데, 앞으로 과밀의 대명사인 서울은 저런 소동과 불편을 과연 견뎌낼 수 있을까 하는 생각말입니다. 감나무는 영하 18℃ 이하에서 6시간 이상 노출되면 동사할 수 있다고 하는데, 곶감농사를 위해 심어둔 밭 주변의 감나무들은 앞으로 다가올 미친 겨울을 견딜 수 있을까요? 온 천지가 녹지 않은 눈이어서 새와 산짐승들이 먹이를 구하기가 매우 어려운데, 틈만 나면 마당 언저리 눈을 치워놓은 곳에 모여 풀씨로 몇 날을 견디고 있는 저 수백 마리 참새와 박새, 딱새, 그리고 오목눈이들은 앞으로 겨울나기가 얼마나 어려울까요.

산방의 생활도 하루하루가 수행이기는 마찬가지입니다. 여기도 많은 눈이 길 위를 그대로 덮은 채 녹지 않고 있습니다. 쌀과 기름이 떨어진 터라 할 수 없이 지게를 지고 마을로 내려갔습니다. 숲과 달리 들판을 지날 때는 귀가 떨어질 듯 추웠습니다. 매일 차로 오르내리던 길을 쌀과 기름을 얹은 무거운 지게를 지고 오르니 숨도 차고 땀도 났습니다. 남들은 고생스러운데 왜 그 산속에 집을 짓고 사느냐 염려해 주었습니다. 하지만 반복해서 서툰 지게질을 하다 보니 묘한 즐거움이 있었습니다. 타성에 젖어 있던 몸의 이기심이 멈추는 것을 느낄 수 있었습니다.

브레이크가 파열된 듯 오로지 효율과 탐욕스런 욕망만을 싣고 질주하는 문명에 대해서 비판적 시각을 견지하고 새로운 대안을 고민하는 삶을 살려 했으면서도 내가 얼마나 그 대열과 함께하고 있었는지를 생각해 볼 수 있었습니다. 어제는 하루 종일 그렇게 멈춤에 대해 생각해 보았습니다. 그러던 중 구들방을 따끈하게 데워놓고 배를 깔고 누워서 나와 동갑내기 생태학자인 안드레아스 베버Andreas Weber를 만났습니다. 그는 이렇게 말합니다.

시장은 비효율적이다. 사람들이 효율나사를 조이는 것도 그 때문이다. 그래서 미국의 대통령에서부터 자그마한 동네의 이장에 이르기까지, 애덤 스미스의 후계자들로 구성된 오늘날 거의 모든 정치가들은 논리적 오류에 빠지는 것이다. 그들은 여전히 19세기에 사로잡혀서 21세기의 문제들을 19세기의 방법으로 해결하려고 한다. 우리가 이미 그토록 많은 것을 희생한 자유 시장, 즉 작은 마을의 조용한 일상, 가족 내 여가, 자연, 그리고 인생 자체마저도 희생한 자유 시장은 물리학적 유토피아일 뿐이다.

이 마을에서 지게를 지는 사람은 더 이상 없습니다. 산골 마을에서도 노동의 대부분은 문명의 첨단 연장들이 대신하고 있습니다. 우리는 중독된 편리를 얻었습니다. 하지만 베버가 예시하듯 자유주의에 기반을 둔 산업화가 우리에게서 수많은 것을 앗아간 것 또한 사실입니다. 효율과 편리라는 가치로 수많은 소중한 가치들을 덮어 제대로 자각하지 못하고 있는 비극을 껴안은 것도 사실입니다. 그러나 어쩌면 더 큰 비극이 기다리고 있는지도 모른다는 생각을 지울 수 없어 염려스럽습니다. 지금 기억하고 있는 이 '자연', 그 소중한 기억들을 머지않아 모두 잃지 않을까 걱정입니다. 물 폭탄, 눈 폭탄, 추위 폭탄의 반복에 이어질 또 다른 폭탄을, 지구를 공유지로 여겨온 우리에게 닥칠 '공유지의 비극'을 염려하게 됩니다.

미국의 가렛 하딘 박사가 1968년 12월 《사이언스》 지에 발표한 논문의 제목이기도 한 〈공유지의 비극The Tragedy of the Commons〉은 경제학·생태학 등 다양한 학문 분야에서 자주 사용되는 중요한 개념입니다. 예컨대 공짜 초지에 너도나도 많은 양을 풀어먹이면, 그 초지가 모두 황폐화되어 결국 축산농가 전체의 피해 또는 공멸로 귀결된다는 것입니다. 따라서 공기와 호수, 숲과 지하자원처럼 공동체 모두가 사용해야 할 자원은 시장의 기능에 맡기기보다 국가가 개입하거나 이해당사자들이 스스로 합의하여 사용에 제한을 두어야 함을 강조하고 있습니다.

지금이라도 멈출 수 있는 길을 찾으면 어떨까요. 개인과 조직이 자유주의에 기반을 둔 문명화를 자연주의에 기반을 둔 문명으로 전환할 대안을 모색하는 것은 어떨까요. 내가 먼저 할 수 있는 멈춤과 전환은 무엇일까 생각에 잠깁니다.

불감不感과 공감共感

그간 눈에 길이 막힌 시간이 길어지자 이웃의 염려도 컸습니다. 마을에서 쓰고 남은 제설용 염화칼슘과 모래주머니를 나눠주시며 길을 열어보라고 배려해 주시기도 했습니다. 지게를 지고 오르내리는 데 위험할 만큼 미끄러운 경사로에는 발자국을 따라 모래를 다 뿌렸습니다. 염화칼슘도 한 포 뜯어서 몇 움큼 뿌려보았습니다. 신기합니다. 결정체가 떨어진 자리마다 소리 없이 눈이 녹아내리며 함몰됩니다. 듬뿍 흩뿌리기만 하면 이내 흙바닥이 드러날 것만 같습니다. 참 편리하다 싶어 그냥 확 쏟아 붓고 싶어집니다.

하지만 저는 그렇게 하지 못했습니다. 봄부터 가을까지 이 언덕길을 따라 피고지고 빛나며 내 영혼에 박혔던 그 무수한 아름다움이 아른거렸기 때문입니다. 이곳은 고마리·꽃마리·병꽃나무·물봉선 꽃들이 길 따라 줄지어 피는 언덕입니다. 날갯짓하며 실컷 노닐던 새들이 목욕하고 떠나는 옹달샘이 있는 곳이기도 합니다. 또한 늦여름 밤이면 그 귀한 반딧불이가 푸른빛을 토해내며 짝을 찾는 밀회의 장소이기도 합니다. 봄이 오면 수런대기 시작할 그들의 소리가 환영처럼 들리는 것 같습니다. 눈을 녹인 염화칼슘의 소금기를 그들은 좋아하지 않을 것입니다. 땅의 경사와 실개천을 타고 흐를 염류의 과도한 집적이 그들의 삶을 위협할 것이 분명하니까요.

인류는 근대 이후로부터 오늘까지 더 많은 부를 축적하고 보다 편리하게 사는 것이 인간의 고유 권리라는 신념을 형성하고 강화해 왔습니다. 그리고 그것을 통해 대단한 물질적 진보를 이루어냈습니다. 하지만 그러한 진보는 또한 배금과 편리의 기치 아래 우리를 포함한 생명권 전체의 터전을 파괴하고 있습니다. 지금 지구 곳곳이 깨어진 생태계의 아우성으로 몸살을 앓고 있습니다. 우리의 삶이 자연적 재앙으로부터 분명하게 위협받고 있다는 사실은 이미 명백합니다. 아직도 더 많은 재앙의 증거를 만나야 이 사실을 알게 된다면, 그때는 이미 돌이킬 수 없을 만큼 늦은 때일 가능성이 큽니다.

역사는 중세를 종교의 시대로 읽고, 근대를 이성의 시대라고 말합니다. 이 이성의 시대는 타자의 아픔을 느끼지 못하는 불감의 시대였습니다. 불감의 시대는 더 이상 대안이 될 수 없다는 것이 나의 믿음입니다. 예컨대 후쿠시마 원전 참사나 칠레의 탄광 갱도 붕

괴, 아이티의 지진대재앙 같은 아픔이 일어날 때마다 세계의 공감과 도움이 답지하고 있습니다. 그 도움의 손길이 세계로 이어지고 있는 현상의 본질이 무엇일까요? 나는 그것을 공감이라고 생각합니다. 나에게도 닥칠 수 있는 고난이요, 재앙임을 가슴으로 이해하는 것이지요.

그렇게 공감이 함께할 때라야 세상에는 희망이 보이기 시작합니다. 제레미 리프킨^Jeremy Rifkin도 이 불안한 시대를 구원할 새로운 대안의 하나로 '공감'을 제안한 바 있습니다. 그는 "공감한다는 것은 삶을 위해 투쟁하는 다른 사람의 존재를 인식하고 그 경험을 깊이 나누는 것"이라고 정의했습니다. 그의 정의는 훌륭합니다. 하지만 인간만을 겨냥한 이 정의가 생태계로 확장될 때 더 큰 설득력을 가질 수 있을 것입니다. 다른 사람을 넘어 생명권 전체의 존재를 인식하고 그들과의 공존을 모색하는 것이야말로 지속 가능한 미래를 위한 공감이 될 것입니다.

산 속에 살면 무섭지 않느냐고 묻는 사람들이 더러 있습니다. 내게는 산중에 홀로 사는 것에 대한 두려움이 없습니다. 그 이유는 바로 공감에 있습니다. 나와 다른 생명의 삶이 겪는 실존의 기쁨과 고통에 공감하면 오히려 산중 숲에서는 아름답고 충만한 장면을 더 많이 만날 수 있습니다.

안개에 휩싸인 겨울 숲에 지금 비가 옵니다. 그렇게 긴 시간 춥더니, 정작 크게 춥다는 '대한' 절기에는 영상 10℃를 넘기며 제법 많은 비가 내립니다. 이 비로 산방으로 닿는 길 위의 눈 대부분이 녹고 있습니다. 나를 불감의 유혹에 빠트렸던 눈도 함께 녹아내리고 있습니다. 오늘도 아, 자연이 스승입니다.

그리움 그것

아는 분이 닭 한 마리를 싣고 왔습니다. 초등학교를 다니
는 그 집 아이가 지난 늦가을 학교 앞에서 사 온 세 마리의 병아리
들 중 여태 아파트 거실에서의 삶을 견뎌낸 유일한 한 마리라고 했
습니다. 몸집이 커지고 활동성도 높아져서 아파트 거실에서는 더
이상 키우기 어려웠던 모양입니다. 우유 빛깔 흰색 옷을 입고 있는
녀석은 한 눈에도 순해 보입니다. 아이가 지어준 녀석의 이름은 '삐
약이'랍니다. 하지만 종이 상자로 된 녀석의 집 문패에는 '홍삼녹용
대보진액', '던지지 마시오'라고 쓰여 있더군요.

토종 닭 몇 마리를 키워보려고 짓던 닭장은 손이 모자라 아직 완
성하지 못한 상태입니다. 하는 수 없습니다. 날이 풀릴 때까지는 녀
석을 저 상자 안에 두어야 할 것 같습니다. 마루 위에 자리를 잡아
녀석의 집을 내려놓자 함께 사는 개, '산'과 '바다'가 흥분하여 난리

입니다. 녀석들의 새끼 '마루'까지도 쿵쿵대고 컹컹댑니다. 산이는 앓는 소리를 내면서 삐약이를 넘봅니다. 생선을 구울 때 쓰는 석쇠로 뚜껑을 만들어 덮어주는 것으로 안전 격리를 해 놓았습니다.

상자 속에서만 있는 것이 답답할 듯하여 불을 지피는 동안 잠시 외출을 시켜주었습니다. 땅바닥에 내려놓자마자, 세 마리의 개들이 단숨에 물어버릴 기세로 덤빕니다. 역시 산이 가장 맹렬합니다. 빗자루를 들어 녀석들을 진정시키고 가르쳐봅니다.

"함께 살아야 하는 식구다. 잘 참고 지켜주어라."

삐약이는 개들의 위협이 얼마나 무서운 것인지 모르는 양, 연신 땅을 쪼며 처음 맛보는 야생에 흠씬 취해 있습니다. 개들의 흥분이 좀체 가라앉지 않습니다. 산이 빗자루 몇 대를 맞고서야 겨우 분한 듯 웅크리고 앉습니다. 미안한 생각이 들지만 방법이 없습니다.

불을 지핀 아궁이 앞으로 삐약이를 옮겨주었더니 따뜻해서인지 이내 눈을 감고 잠을 청합니다. 산은 아궁이 앞 땅바닥에 엎드린 채 녀석의 냄새를 맡으며 눈을 떼지 못합니다. 장차 이들의 불안한 관계가 심히 염려가 되면서도 궁금합니다. 저들이 가족으로 살아갈 수 있을지 말입니다. 삐약이를 임시 거처인 '홍삼녹용대보진액' 상자에 넣어주고 모이를 주었습니다. 그리고 석쇠로 다시 지붕을 만들어주었습니다. 오늘 삐약이의 외출은 그렇게 끝났습니다. 거실에 앉아 산이가 다시 석쇠 위를 넘보는 모습을 보는데, 문득 상자한 가운데 나 있는 작은 구멍이 눈에 들어옵니다. 살펴보니 안에서밖으로 쪼아 만든 창이었습니다.

그 순간 알게 되었습니다. 살아 있는 것들에게 있어 자유에 대한그리움이란 저토록 강렬한 것이구나. 막힌 상자가 얼마나 답답하고,바깥세상이 또 얼마나 궁금했으면 저곳에 창을 만들었을까요. 그러고 보니 그리움, 그것이야말로 스스로 살고 싶은 삶을 살아 내게하는 원동력인가 봅니다. 그리움이란 저다운 곳으로 향하게 하는가장 담백한 힘인 모양입니다. 세 마리의 병아리 중에서 오직 저 녀석만 살아남은 이유를 알 것도 같습니다.

스스로 묻게 됩니다. "내 가슴에도 지울 수 없는 그리움 하나를품고 있는가? 내 그리움이 만든 작은 창 하나는 튼튼하게 잘 있는가?" 하고 말입니다.

명命

명은 울릉도 사람들이 부르는 우리 풀이름의 하나입니다. 그 풀의 정식 이름은 '산마늘'입니다. 울릉도에서는 사람의 목숨을 살리는 풀이라는 뜻으로 그를 '멩'이라고 부릅니다. 명은 오대산, 설악산, 지리산 등에 자생하지만, 울릉도에서 가장 많이 자라는 것으로 알려져 있습니다. 이 풀은 여러해살이풀로 대략 마흔 살을 넘겨서까지도 삶을 잇는다고 합니다. 울릉도는 산마늘의 채취와 반출을 불허하고 있습니다. 7년 전 광릉에 있는 국립수목원에서 이 풀을 처음 만났지만, 워낙 귀해서 가까이하기가 쉽지 않았습니다. 그러던 중 어제, 드디어 경상도 땅에 있는 한 농가에서 명을 다시 만났고, 몇 포기 얻을 수 있었습니다.

농부는 아직 얼어 있는 땅을 호미로 파서 내게 명을 건네주었습니다. 윤기가 흐르는 그 잎이 막 싹을 틔우고 있었습니다. 인경이라 부르는 새끼손가락 굵기의 줄기뿌리가 겨우내 언 땅을 견디고, 지금 막 잎으로 올라오고 있는 중이었습니다. 조심스레 어루만지며 명을 살펴보았습니다. 명의 줄기뿌리는 거즈보다 얇은 직물로 감싸져 있었습니다.

　농부에게 물어보았습니다.
　"밭에서 키우려면 이렇게 천으로 뿌리를 감싸주어야 하나 보죠?"
　농부가 빙그레 웃으며 대답합니다.
　"아닙니다. 그것은 멩이가 스스로 만든 천입니다."

　그 뿌리에 입혀진 옷은 분명 하나의 천과 같았습니다. 삼베옷처럼 정교하게 짜인 옷을 스스로 만들어 뿌리를 보호하다니. 나는 "이게 정말 멩이가 스스로 만든 천이라고요?" 하며 깜짝 놀라 외치고 있었습니다. 그대에게도 얼른 그 뿌리를 보여주고 싶었습니다. 이 연약해 보이는 생명이 자신을 지키고 성장하고 지속하기 위해 키워온 놀라운 모습을. 그리고 명이 빚어내는, 그냥 마늘보다 훨씬 깊고 신선한 향기와 윤기 있는 이 모두를 보고 느끼게 해주고 싶었습니다.

　오늘 나는 몇 개의 화분과 마당 음지쪽에 경상도 농부가 준 산마늘을 심었습니다. 키가 작은 산마늘은 여느 다른 풀보다도 먼저 잎을 낼 것입니다. 3월부터 4월이 다 가도록 향기 가득 담은 잎을

마당 음지쪽에 심어놓은 산마늘에 꽃이 피었습니다.

내고, 여름으로 들어가는 시기에 꽃을 피우겠지요. 여름이 다 가기 전에 열매를 맺고 서둘러 잎을 지울 것입니다. 그리고 다시 겨울을 견딜 조밀한 천을 만들어 긴 휴식을 취할 것입니다.

  명의 나이가 이제 겨우 네다섯 살이니까 죽는 날까지 나는 그 풀과 함께 살 것입니다. 여려 보이는 풀일지라도 시간을 따라 어떻게 자신을 바꿔내며 살아가는지 바라보고 배우고, 나도 그렇게 살겠지요. 다른 풀에 치일 수 있을 만큼 키가 작은 풀이라는 제 핸디캡을 시간 앞당겨 싹을 내고 꽃을 피우는 것으로 극복한 풀. 그러기 위해서 언 땅이 채 녹기 전인 이른 봄에 싹을 틔워야 했고, 다시 그러기 위해서 겨우내 언 땅을 견딜 집과도 같은 옷을 스스로 만들어 뿌리를 감쌀 수 있는 지혜를 갖춘 풀. 저 피워내는 잎 한 쪽 정도는 기꺼이 사람이라는 생명에게 내어주면서도 제 목숨을 지켜낼 줄 아는 넉넉함과 강인함을 갖춘 풀. 그와 함께 사계절을 살다 보면 나도 그렇게 살 수 있지 않을까요. 그 생각에 오늘 내내 이렇게 설레고 있습니다.

일곱 번째 편지

꽃은 그냥 피지 않습니다

이 숲에 사흘 꼬박 비가 내리고 있습니다. 봄이 당겨진 것인지 아니면 겨울이 짧아진 것인지 모를 일이지만 이번 비는 꼭 곡우穀雨 날 내리면 좋을 비의 포근함을 닮았습니다. 옅은 안개에 싸여 지워진 먼 마을 풍경 속에서 부지런한 불빛 몇 점이 흔들리고 있습니다. 그리운 것들 그리워하기에 좋은 날입니다.

산마늘을 가져다 심어놓은 지 일주일이 되었습니다. 일주일 내내 그 풀의 새싹을 그리워했습니다. 변화가 궁금해서 하루에도 몇 번씩 그 근처를 서성였습니다. 나의 그리움에 화답이라도 하듯, 세 개의 작은 화분에 심어 주방 언저리에 둔 산마늘들은 어느새 그 잎을 10cm 가까이나 키웠습니다. 하지만 앞마당 배롱나무 아래 심어둔 산마늘들은 며칠째 미동도 하지 않고 있었습니다. 그런데 사흘간 비를 맞고 나자 기다리던 연두색 새 촉이 땅 위로 올라온 모습

눈을 뚫고 하늘을 맞이하는 산마늘은 다섯 해의 추위를 견디고 나서야 첫 꽃을 피워냅니다.

이 보였습니다.

옮겨와 심은 첫날은 산마늘의 새 촉이 언제 나올지가 궁금하더니, 새 촉을 틔우자 곧 언제 윤기 흐르는 너른 잎으로 변할지가 궁금해졌습니다. 드디어 너른 잎이 되기 위한 완벽한 준비를 끝내자 꽃이 언제 피어날지 벌써 궁금해집니다.

하지만 그립다 하여 모든 것을 당장 품어서 안고 살 수는 없는 것이 자연의 법칙입니다. 산마늘은 대략 5년을 살고 나야 첫 꽃을 피웁니다. 씨앗이 처음으로 싹을 틔우고 무려 다섯 번의 모진 추위를 무사히 견뎌내야만 제 첫 꽃을 피울 수 있는 것입니다. 저들이 벌을 부르고 나비를 이웃하기까지, 그렇게 긴 인내의 시간이 필요한 것입니다.

거지반의 인생을 살고 나니 사람도 생명이어서 자연의 법칙과 나란히 걸어갈 때 그 삶이 온전한 자기다움과 거스름 없는 자기성장으로 충만할 수 있다는 것을 알게 됩니다. 생명 모두는 혼란스럽고 복잡한 관계 속을 헤매도록 설계되어 있습니다. 조물주의 뜻이 거기 있는 것 같습니다. 시간과 공간 속에서 빚어지는 그 망라적 관계로부터 자유로울 수 없는 것이 생명과 만물을 관통하는 우주의 질서입니다. 하지만 그 복잡한 불확실성 속에서도 모든 생명은 자기촉진의 능력을 지니도록 설계되어 있습니다. 그 미세한 움직임을 포착하고 때를 기다려 변혁을 준비한 생명만이 어느 순간 마술처럼 피어날 수 있습니다. 그 순간이 올 때 그를 억제하던 관계와 존재는 모두 걷히고, 비로소 마술 같은 변혁을 만날 수 있습니다.

모든 변혁은 국면의 전환을 수반합니다. 산마늘도 씨앗의 껍질을 벗고 나서야 뿌리가 생기고 첫 잎을 자라게 할 수 있습니다. 그 식물의 삶은 씨앗의 껍질을 버리는 전환을 통해 첫 번째 변혁에 성공합니다. 태양 빛을 모으고 스스로 자립할 양분을 생산하는 것으로 두 번째 국면 전환을 이끌어냅니다. 그런 뒤에도 5년의 추위를 견디고 나서야 비로소 첫 꽃을 피우는 순간을 만날 수 있습니다.

이제 곧 봄은 오겠지만, 꽃은 그냥 피지 않습니다. 자기만의 때를 기다리면서 하루하루 스스로를 촉진한 자만이 제 꽃을 피울 수 있습니다. 그들만이 마술 같은 변혁을 만날 수 있습니다. 숲에 사는 모든 생명의 일생이 그렇습니다. 숲이 고향인 우리의 일생 역시 이와 다르지 않을 것입니다.

여덟 번째 편지
해보았나요

　　나는 오래전부터 콩나물을 직접 길러 먹고 싶었습니다. 정월 대보름날, 드디어 이 산방에 예쁜 콩나물시루가 도착했습니다. 시루를 잘 씻은 뒤 이미 두어 달 전에 사두었던 쥐눈이콩 조금을 물에 잘 불려놓았습니다. 시루 바닥에 삼베로 만든 보자기를 깔았습니다. 그 위에 불리지 않은 콩을 한 켜 깔고, 다시 그 위에 불린 콩을 깔았습니다. 삼베 보자기를 까는 이유는 콩나물 뿌리가 시루 밖으로 비집고 나오지 않도록 하기 위해서입니다. 불리지 않은 콩과 불린 콩을 켜로 나누어 두는 이유는 오랜 시간 콩나물을 즐기기 위함입니다. 위쪽의 불린 콩과 아래쪽의 딱딱한 콩이 시차를 두고 자라 올라올 테니까요.

　　나무 막대기로 만든 받침을 너른 물 받침 항아리에 받치고 그 위에 콩나물시루를 얹었습니다. 콩에게 흠뻑 물을 줍니다. 하루쯤 지나면 불린 콩이 싹을 틔웁니다. 하루에 네댓 차례 물을 주는 일을 반복하는 것 외에 특별한 일 없이도 콩나물은 하루가 다르게 쑥쑥 자랍니다. 적당히 자라면 필요한 만큼 뽑아서 요리를 하고 밥상에 올리면 됩니다. 먹어보면 누구나 시중에서 사먹는 콩나물과 맛이 다르다는 것을 알 것입니다. 비교할 수 없이 신선하고 아삭하고 담백합니다.

내가 콩나물을 직접 기르는 이유는 단지 콩나물 값을 아끼고자 함이 아닙니다. 또한 아삭하고 신선한 나물을 취하려는 욕심 때문만도 아닙니다. 진정한 이유는 이 과정이 나처럼 게으른 자도 쉬이 해볼 수 있는 간단한 농사요, 자기 성찰의 수단이 될 수 있기 때문입니다. 또 많은 이들은 치열하고 각박해진 세상을 헤쳐 나가기 위해 다양하고 무수한 비법의 문 앞을 서성인다지만, 나는 여태 자연과 농사일을 곁에 두고 실천하여 나를 살피고 바로 세우는 것보다 강력한 비법을 찾지 못하기 때문입니다. 그리고 스스로를 성찰하고 그 성찰에 기반을 두어 나아가게 하는 데 있어서 자연에 머물며 호흡하거나 작게라도 직접 농사를 지어보는 것이 으뜸 동력임을 알고 있기 때문입니다.

실내에 둔 콩나물시루와 산마늘을 심어놓은 화분은 매일 내게 말을 건넵니다. 그들이 물을 달라 속삭일 때 나는 생명을 살아 있게 하는 원천이 욕망임을 배웁니다. 겨울을 이겨낸 마당의 매실나무와 벌통 곁에 설 때면, 나는 추위를 견딜 용기를 배웁니다. 비료와 농약을 주지 않아도 어두운 숲의 한 자락에서 당당히 제 삶을 지켜내는 좁다란 난초들을 바라보며 삶이 무수한 관계들의 그물이요, 그 식물들의 은혜로 채워진다는 것을 배웁니다. 내 안에 생명들이 머물고 떠나는 때마다, 한결 담담히 삶을 대하는 나를 만나게 됩니다.

난무하는 삶의 비법 앞에 번번이 낙망해본 그대라면, 나는 이렇게 묻고 싶습니다.

"해보았나요? 콩나물시루를 곁에 두고 물을 주어 콩나물의 성장과 헌신을 지켜본 적이 있는지요. 자연을 그대 곁에 두고 가슴으로 끌어와 자신을 바라본 적은 있는지요. 이미 오래 전부터 인류의 스승인 자연에게 그대 삶을 물어본 적은 있나요. 당신은 그렇게 해보았나요?"

꽃은 그냥 지지 않는다

매실나무에 꽃 피었다.
한낮 내내 지켜보아도 꽃망울 터트리지 않았는데
자고 일어나니 터져 있는 것을 보면

꽃은 어둠 속에서 열리는 것이 맞다.

며칠 뒤
매화 몇 송이 잎을 지웠다.

대낮 꽃잎이 날리는 모습을 보니
꽃은 그냥 지지 않는다.
온 힘을 다해 열매를 맺은 뒤에야
그 열매가 제 몸의 일부가 된 것을 믿게 된 뒤에야

바람의 시험을 허락하고 있었다.

꽃은 그냥 지지 않는다.
꽃의 아름다움이 저일 수 있어야,
그 향기 제 몸으로 단단해져야
그제야 꽃은 진다.

매화꽃이 피었습니다. 세상의 모든 꽃은 그냥 지지 않는 법입니다.

차마 버릴 수 없는 위험한 생각

딸아이가 내게 자전거를 사달라고 했습니다. 열세 살이 되자 더 늦기 전에 자전거 타는 법을 배우고 싶었던 모양이었습니다. 다른 말없이 그러마 했지요. 이미 인터넷에서 갖고 싶은 자전거를 골라놓았더군요. 액세서리 몇 개를 포함해 주문을 했더니 며칠 지나지 않아 도착했습니다. 월요일 오후, 녀석은 너른 운동장에서 제게 자전거 타는 법을 가르쳐달라고 했습니다. 딸아이는 생각보다 빠르게 바퀴를 굴리는 방법을 익혔습니다. 아비가 가만히 조금씩 손을 놓는 것도 모르고 홀로 그 불안한 구조의 물체를 굴러가게 하더니, 이윽고 한 시간 만에 100여 미터를 혼자 나아가기 시작했습니다. 스스로 나아갈 수 있는 법을 배우는 것보다 더 큰 공부가 어디 있을까요. 녀석이 참 대견했습니다.

문득 산과 바다가 떠올랐습니다. 나의 그것처럼 수컷 산의 성적 첫 경험이 서툴긴 했으나, 가르치지 않았는데도 바다를 취하는 법을 알아냈습니다. 암컷 바다 역시 배우지 않고도 여덟 마리의 새끼를 낳고, 고루 젖을 물리고, 청결을 유지하는 방법을 터득해 길러 냈습니다. 이후 녀석들에게서 앳된 얼굴은 사라졌습니다. 아주 빠르게 어른의 얼굴로 변해 갔습니다. 행동 역시 그랬습니다. 애교와 아양으로 내게 관심을 끄는 대신 깊은 눈빛으로 나를 주시하는 시간이 길어졌습니다. 먼 길 다녀오면 곧장 수백 미터를 뛰어내려와 반겨주던 습관도 차츰 주변 산으로 흩어져 뛰놀다가 살짝살짝 모습을 보이며 나를 반기는 습관으로 대체되었습니다.

주인과의 관계를 잊지는 않았으나 차츰 자신들의 핏속에 늑대의 야성이 흐르고 있음을 증명하는 듯했습니다. 그러던 어느 날, 드디어 바다가 일을 내고 말았습니다. 고라니 한 마리를 사냥하는 데 성공한 것입니다. 장작을 패다가 녀석이 고라니를 사냥하는 장면 전체를 보게 되었습니다. 집 뒤의 숲에서 바다에게 발각된 고라니는 숲 언저리를 따라 빛의 속도로 달리기 시작했습니다. 바다 역시 질풍노도의 기세로 추격했습니다. 800m쯤 내달리던 고라니가 핏빛으로 크게 울었고, 연이어 일몰의 잔상처럼 소리를 흩어 놓더니 마침내 잠잠해졌습니다.

이후 녀석들에게 두 가지 중요한 변화가 생겼습니다. 거실의 문 앞을 지키는 시간이 짧아진 것이 그 하나입니다. 대신 숲으로 뛰어다니는 시간이 길어졌지요. 이 변화의 근본 원인은 아마 고라니의 뜨거운 피 맛을 잊지 못하기 때문일 것입니다. 다른 하나의 변화는 바다 위에 군림하던 산이 더 이상 그러지 못한다는 점입니다. 아마 크고 작은 사냥에서 늘 바다가 성과를 내고 있다는 점을 산이 알게 되었기 때문인 것 같습니다.

　딸아이와 자전거를 타러 가던 평일 오후, 거리와 운동장에서 또래의 아이들을 단 한 명도 만나지 못했습니다. 딸아이의 말이 모두 학원에 가 있기 때문이라 했습니다. 반면 녀석은 늘 평일 오후를 나의 유년 시절처럼 보냅니다. 딸아이는 단 하나의 학원도 다니지 않습니다. 자식 학원 보낼 여유가 없는 탓이기도 하지만, 나는 자연성의 힘을 알고 있고, 또 믿고 있기 때문입니다. 즉, 성급하지 않아도 스스로의 모습을 찾아 꼴대로 살게 되어 있다는 것을 알게 되었기 때문입니다. 바다와 산은 사랑과 사냥을 따로 배우지 않았습니다. 딸아이 역시 교본을 익혀 자전거 타는 법을 터득하지 않았습니다. 우리의 삶이 이와 크게 다르지 않다는 나의 생각은 위험한 것일까요. 그렇다 하더라도 이는 내가 차마 버릴 수 없는 위험한 생각인 걸 어쩌겠습니까.

스스로 부르는 노래

나는 요새 과수원을 만드는 중입니다. 산방 주변의 밭에 감나무와 매실나무, 대추나무를 심기 위해서입니다. 감은 곶감으로 만들어 그대에게 선을 뵈고 싶습니다. 매실나무는 매화꽃 필 무렵 그대를 불러 봄나물을 캐고 숲을 걷는 프로그램을 갖자고 점잖게 유혹할 때 좋을 것 같아 심습니다. 초록 열매가 달리면 그대 집으로 한 아름 보내줄 때도 좋겠다 싶기도 하고요. 대추는 오로지 차를 만들어 먹고 나누는 데 쓸 생각입니다. 과수원 주변으로는 제법 많은 벌통을 둘 자리를 마련하고 있습니다. 벌들이 숲과 밭의 건강한 꽃을 날아다니게 하고 넉넉한 가을엔 나도 그들의 수고를 빌어 맛있는 꿀을 수확하려는 욕심입니다. 그 꿀 역시 벌과 꽃들의 노고를 알고 기억하는 그대에게만 주고 싶습니다. 무엇보다 이 모두는 내가 참 좋아하는 나무요, 생명이기 때문에 농사로 연결해보려고 합니다.

과수원 만드는 일을 하면서 품게 된 고민이 있습니다. 날씨가 좋지 않아 일의 진척이 더딘 것도 고민이지만, 더 큰 고민은 처음 나무를 심을 때 거름을 줄 것인가 말 것인가 하는 것입니다. 농사 역시 효율의 경제를 따르고 있습니다. 투입비용 대비 단위 수확량이 높을 때 이익이 많이 남는다는 것이지요. 그래서 가축이건 나무건 그들 생명의 복지는 무시되는 처지입니다. 가능한 적은 비용으로 작은 공간에서 최대의 결실을 낼 수만 있다면, 동·식물들이 받을 스트레스는 별로 중요하지 않게 된 것이지요.

  요즘 과수원 역시 그렇습니다. 묘목을 될 수 있는 한 최대로 밀식하여 많이 심습니다. 여러 나무에서 최대한 많이 수확을 할 수 있으니까요. 그러다가 나무의 몸집이 커지면서 옆 나무의 결실에 방해를 주는 시점이 오면 적당한 간격으로 나무를 솎아서 베어냅니다. 효율적인 공간 이용으로 그 공간에서 최대의 수확을 거두는 경제학이 적용되는 것이지요. 솎아져 나가는 나무가 생명이라는 생각은 아예 없습니다.

  심을 때 퇴비를 줄 것인가 말 것인가의 문제도 비슷합니다. 처음부터 퇴비를 주면 초기 생장을 촉진하는 데 도움이 될 수 있지만 그 나무가 스스로 울고 견디다가 마침내 춤추고 노래할 수 있는 기회는 미뤄지게 됩니다. 다시 말해 처음부터 잘 차려진 밥상을 받은 나무는 계속 그것을 요구하도록 길들여지게 되는 것입니다. 일찍

산괴불주머니는 언 땅을 견디고 푸른빛을 냅니다. 이제 곧 스스로를 노래하는 봄날이 열릴 차례입니다.

결실을 거두는 데는 도움이 되지만, 느리더라도 척박함을 이기고 스스로 땅과 화해하여 만들어내는 깊이 있는 결실을 맛보기는 어렵게 되는 것이지요.

오늘 나는 고민을 풀었습니다. 저 과수원에 심길 한 그루 한 그루의 나무들을 그냥 믿기로 했습니다. 저들이 비록 처음에는 어려움을 겪더라도 스스로를 노래할 날을 기다리기로 했습니다. 이유는 간단합니다. 내가 좌중이 요구하는 분위기를 어쩌지 못하고 억지로 부르는 노래를 불러보았기 때문입니다. 숲을 거닐며 홀로 흥얼대는 노래 역시 불러보았기 때문입니다. 그리고 그 차이를 아주 명확히 알고 있기 때문입니다. 내 비록 음치여도 노래 중에 가장 맛있는 노래는 스스로 부르는 노래라는 것을 알게 되었기 때문입니다. 하니 나는 다만 널찍널찍 나무를 심으며 나무들에게 이렇게 속삭일 작정입니다.

"노래하자 나무야, 네 스스로를 노래하자."

내 삶의 첫 번째 기둥

집을 지어본 사람들은 알겠지만, 집짓기에서 가장 중요한 작업은 집의 구조, 즉 골격을 완성하는 것입니다. 집은 딛고 설 터전과 주춧돌이 있어야 하고 지붕을 떠받칠 기둥이 있어야 합니다. 터를 다져 기둥을 세우고 보를 걸어 지붕을 얹고 나면 남은 공정엔 큰 걱정이 없습니다. 비가 오고 바람이 불어도 골격을 이룬 구조체 아래서 나머지를 채워나갈 수 있기 때문입니다. 벽을 쌓고 창문을 달고 취향에 맞게 내·외부를 꾸미는 일은 여유 있게 할 수 있는 작업들이지요.

많은 면에서 삶은 집짓기와 같습니다. 삶 역시 우선 발 디더 먹고 살 터전^{분야, Domain}이 있어야 합니다. 터전을 구했다면, 목적하는 삶을 떠받치고 실현할 수 있는 기둥이 있어야 합니다. 한때 도시를 터전으로 삼았던 나는 마흔 살에 새로운 터전을 찾아 나섰습니

다. 숲과 흙이 그것입니다. 그곳에서 기둥 세 개를 세워 삶의 목적을 떠받치기로 작정했습니다. 오늘은 첫 번째 기둥에 대해 말씀 드리려고 합니다.

내 삶의 첫 번째 기둥은 아름다운 '농부의 삶'을 실현하는 것입니다. 내가 생각하는 아름다운 농부란, 건강한 농부입니다. 더 많은 것을 취하자고 땅을 착취하고 생태계에 부담을 주는 것이 아닌, 자연의 흐름과 나란히 걸어가는 농사를 짓는 농부입니다. 농약과 비료에 의존하는 대신 자연의 질서인 관계와 순환의 원리를 따라 농사를 짓는 농부로 자리 잡고 싶습니다. 이것이 내 삶의 가장 중요한 하나의 기둥이 되려면, 그 일이 좋아야 하고 그렇게 농사지어서도 먹고 살 수 있다는 것을 증명해야 합니다. 그러자면 땅을 알아야 하고 땅 위에 자라는 작물만 아니라 함께 자라는 이웃의 풀, 잡초들도 알아야 합니다. 또한 그것과 관계하며 사는 수많은 곤충과 새와 다른 생명들도 알아야 합니다. 2년째 농업 마이스터대학을 다니면서 땅이 들려주는 이야기를 듣고자 애쓰고 있습니다. 몇 년 째 생명이 지속되는 원리인 생명의 그물망을 더 깊이 연구하고 있습니다. 어떤 분야에서는 조금씩 눈이 떠지고 귀가 열리는 것을 느끼게 됩니다.

생태계의 원리가 그러하듯 농부로서 삶의 기둥 하나를 세우려는 이러한 나의 노력 역시 관계를 통해 완성될 수 있습니다. 핵심적으로는 '착한 소비자'의 지지가 있어야 한다는 것입니다. 상대적으로 모양은 조금 못났어도 자연의 수많은 은혜로 빚어지는 농산물의 건강한 맛을 인정할 줄 아는 소비자, 여느 공산품처럼 모든 농작물도 최종 가격만을 통해 그 가치가 결정된다고 믿는 것이 아닌, 땅과 햇빛과 바람과 물과 다른 무수한 생명들과의 관계가 빚어내는 보이지 않는 가치를 인정하고 그 모든 것의 수고로움에 감사할 줄 아는 그런 소비자를 만나야 합니다.

한두 해 실험을 마치면서 자신 있는 농사 분야를 정했습니다. 올해는 토종 벌꿀에 주력할 계획입니다. 30여 통의 토종 꿀벌을 숲 주변에 두기로 했습니다. 이 정도 규모에서 꿀벌을 착취하지 않고 수확할 수 있는 꿀의 양은 대략 60되$^{약 140kg}$ 정도입니다. 그 중 50되를 착한 소비자들에게 팔 계획입니다. 벌 한 마리가 정육각형의 작은 집에 꿀을 채우기 위해서 최소 8천 송이의 꽃을 날아다녀야 한다는 노고를 이해하는 소비자, 그 노고에 감사하며 8천 송이의 꽃향기를 맛볼 줄 아는 마음을 가진 소비자에게만 팔 생각입니다. 내년에는 꿀벌과 산마늘, 그다음 해에는 지금껏 조성하고 있는 곶감과 매실을 더할 계획입니다. 매화꽃을 즐기며 숲을 걷고, 숲을 걸으며 봄나물과 산마늘을 채취하는 체험 캠프도 열어볼 생각입니다.

내 삶을 떠받치는 기둥 하나인 농부의 꿈은 그대를 위한 것입니다. 우주의 기운과 제 스스로의 힘과 나의 정직한 땀으로 자라난

나물을 그리운 그대 밥상 위에 올리고 싶어서입니다. 그리고 또한 나를 위한 것입니다. 누군가를 속여서 살지 않아도 되는 삶, 스스로 흘린 땀으로 생산한 것을 그대와 나누는 기쁨 오래도록 누리며 살고 싶어서입니다.

지켜야 할 정신

삼월은 늦봄이니 청명 곡우 절기로다

봄날이 따뜻해져 만물이 생동하니

온갖 꽃 피어나고 새소리 갖가지라

(중략)

약한 싹 세워낼 때 어린아이 보호하듯

농사 가운데 논농사를 아무렇게나 못하리라

(중략)

좋은 씨 가리어서 품종을 바꾸시오

보리밭 갈아놓고 못논을 만들어 두소

들 농사 하는 틈에 채소 농사 아니할까

울 밑에 호박이요 처맛가에 박 심고

담 근처에 동과 심어 막대 세워 올려 보세

무 배추 아욱 상치 고추 가지 파 마늘을

하나하나 나누어서 빈 땅 없이 심어 놓고

갯버들 베어다가 개 바자 둘러막아

닭 개를 막아주면 자연히 잘 자라리

오이 밭은 따로 하여 거름을 많이 하소

시골집 여름 반찬 이 밖에 또 있는가

뽕 눈을 살펴보니 누에 날 때 되었구나

어와 부녀들아 누에 치기에 온 힘 쏟으소

잠실을 깨끗이 하고 모든 도구 준비하니

다래끼 칼 도마며 채광주리 달발이라

각별히 조심하여 내음새 없이 하소

(후략)

─정학유, 〈농가월령가〉

〈농가월령가農家月令歌〉 '삼월령三月令'의 한 자락입니다. 〈농가월령가〉
는 문자 그대로 농가에서 달마다 해야 할 일을 가사 형태로 엮어놓
은 책입니다. 음력을 기준으로 작성되어 있습니다. 역사서에서 제목
만 얼핏 본 기억을 가졌던 이 책을 우연히 접하였는데, 각각의 월령
을 읽으며 깊이 감탄하지 않을 수 없었습니다. 매달 찾아오는 중요
한 자연의 변화를 24절기와 함께 언급하면서 농가에서 할 일과 주
의할 일, 그 달의 자연을 소재로 삼아 맛과 멋을 즐길 수 있는 지혜
등을 담고 있더군요. 길지 않은 전체 내용을 훑어보면서 농부들에
게 이보다 요긴한 책이 있을까 싶었습니다. 장차 달마다 이 책을 참

산수유나 생강나무는 잎을 틔우기 전에 꽃을 먼저 피웁니다.
이 나무들이 꽃을 피우면 농부의 마음도 이 시절 새처럼 바빠집니다.

한윤광준

고하여 농사를 지으려 합니다.

〈농가월령가〉는 광해군 때 고상안高尚顏이 지었다는 설이 있으나, 근래에는 다산 정약용 선생의 둘째 아들 정학유丁學游가 지었다는 설이 힘을 얻고 있다 합니다. 누가 지은 책인지보다 더 중요하게 느껴지는 것은 이런 책을 쓴 저자의 정신이라는 생각이 듭니다. 이 책은 분명 책상머리에 앉아서만 쓴 책이 아니었을 것입니다. 입신양명에 몰두하거나 현학의 즐거움을 채우는 것보다 민중의 삶에 보탬이 될 수 있는 책을 구상하고, 또 그런 글을 쓰기 위해 직접 여러 해 동안 농사를 지었을 것입니다. 그렇게 민중들의 일상을 깊이 살폈을 것이며, 자연의 흐름을 오랫동안 주시하고 통찰했을 것입니다. 농가의 소박한 행복도 살폈을 것이고 그들 삶에 담긴 애환도 읽어냈을 것입니다. 깊이 깨달은 뒤 저자는 달마다 실천하고 살펴야 할 일을 노래歌로 담아냈습니다. 노동을 노래로 승화한 것이지요.

이미 전했듯, 내 삶을 떠받치는 기둥 하나는 농부입니다. 글을 쓰며 사는 삶 역시 또 하나의 기둥입니다. 농사짓고 글 쓰며 사는 것이 정말 아름답기 위해서는 이런 책을 쓸 수 있어야겠다 생각했습니다. 오래된 글을 보면서 책을 쓰고자 하는 사람이 지켜야 할 정신을 배운 하루입니다.

별빛 아래서 나무를 심은 까닭

오늘은 별빛 아래서 나무를 심었습니다. 엊그제 400주가 넘는 나무를 심었는데, 그 중 깜박 잊고 뙤약볕에 이틀 동안 내버려 둔 나무가 세 그루 있었다는 사실을 뒤늦게 알게 되었습니다. 보름 넘게 너무 바쁜 일정을 보내다 보니 집중력이 떨어진 탓인지도 모르겠습니다. 그동안의 누적된 농사 피로와 하루 종일 바깥일을 보고 돌아온 저녁, 부랴부랴 밥을 챙겨먹고 아궁이에 불을 지피면서 너무 피곤한 나머지 내버려둔 나무를 포기할까 고민도 하였습니다.

하지만 나는 결국 무거운 몸을 이끌고 나무를 심으러 갔습니다. 별빛 아래서 나무를 심은 까닭은 오늘밤을 넘기면 왠지 그 나무들이 살아나지 못할 것 같다는 생각이 들었기 때문입니다. 내일도 새벽부터 하루 종일 집을 비워야 하기에 밝은 시간에 나무를 심기는 어려울 것이고, 그렇게 되면 5일을 뙤약볕에 버려진 나무 세 그루가

바위 위에서 일생을 시작하게 된 느티나무는 그 불안정을 잘도 극복해냈습니다.
이 나무 아래에 서면 나는 용기를 얻습니다.

더는 회생할 수 없을 것만 같았기 때문입니다.

오랫동안 살펴보다가 알게 되었는데, 나무들은 놀라운 복원력을 가지고 있습니다. 가지 몇 개나 뿌리 몇 가닥을 잘라내도 나무들은 새 가지를 뻗고 새 뿌리를 만들 줄 압니다. 묘목의 뿌리를 끊어 분을 뜬 채로 긴 시간 동안 그들을 보관해 두었다가 땅에 심고 물을 주면 나무들은 다시 되살아나 새롭게 자리를 잡는다는 점을 우리는 잘 알고 있습니다.

나무만이 그런 것은 아닙니다. 생명은 모두 불안정한 상태를 스스로 극복할 수 있는 능력을 지니고 있습니다. 우리가 감기에 걸리는 것이 불안정해진 신체 상태를 복원하려고 하는 몸의 반응이라는 해석은 신체의 복원력을 설득하는 쉽고도 명확한 주장입니다. 하지만 때로 어떤 생명이 그 힘을 완전히 상실하는 상태에 이르게 되면 더는 안정한 상태로 회복되기가 어렵기 마련입니다. 우울증이 깊은 사람이 돌이킬 수 없는 상황까지 자신을 몰아가는 모습을 여러 차례 보았습니다. 몸과 마찬가지로 마음 역시 복원력의 범위에서 진동해야 하는 것입니다. 따라서 생명 모두에게 복원력을 유지하는 것이 무척 중요하다는 것을 아는 나는, 메말라가는 나무를 방치할 수가 없었습니다. 내일이면 늦을 것 같아서 별빛 아래서라도 나무를 심어야 했습니다.

물이 너무 부족하면 나무의 세포들 속에서 원형질이 완전히 분리됩니다. 그러면 그 나무는 이내 죽음을 맞이해야 합니다. 우리의 몸과 마음, 그리고 우리가 살고 있는 터전 역시 복원력이 빚어내는 긴장 속에 놓일 때 건강할 수 있습니다. 자연과 관련해서는 모든 것이 그렇습니다. 원래 모습으로 되돌릴 수 있는 힘을 잃게 되면 다시는 돌이킬 수 없는 상황을 맞을 수밖에 없습니다. 그대 삶이, 그리고 우리 사는 터전 역시 복원력의 한계 지점 안에서 머물 수 있기를 바랍니다.

열다섯 번째 편지

떠나보내지 말았어야 할 느티나무

　내가 사는 산방은 그 어떤 내비게이션에도 나오지 않습니다. 지도에 등록된 공식적인 도로가 없는 곳으로 그저 조붓한 비포장 농로만이 닿아 있는 곳이기 때문이지요. 그래서 누군가 나의 산방을 찾아오기 위해 위치를 물으면, 나는 잠시 머뭇거리다가 결국 아랫마을 경로당으로 찾아오게 합니다. 경로당까지 찾아오면 이후 그 위쪽에 서 있는 큰 느티나무 갈림길에 다다르라고 일러줍니다. 그곳에서 농로를 따라 계속 박혀 있는 전봇대를 주시하며 마지막 전봇대까지 오면 된다고 안내합니다. 이렇게 나의 산방은 경로당과 큰 느티나무, 그리고 전봇대가 이정표인 셈입니다.

　어제 나는 나의 오두막을 일러줄 수 있는 그 이정표 하나를 잃었습니다. 객지에 다녀와 보니 느티나무가 사라지고 없었습니다. 주변에서 들리는 말에 의하면 마을의 누군가가 그 나무를 팔았다고 했습니다. 마침 틈틈이 함께 숲 생태를 공부하는 마을 형수님으로부터 내 휴대전화에 문자가 와 있었습니다.

"선생님. 돈이라는 인간의 욕망 때문에 마을과 함께 오랫동안 살아온 거목을 잃게 되어 너무 안타깝습니다."

마음씨 고운 형수님의 슬픔이 내가 느끼는 슬픔과 만나 증폭되었습니다. 들어 보니 마을의 또 다른 어느 형님은 나무의 반출작업을 하던 업체를 관청에 고발했다고 했습니다. 개인 소유의 땅 경계에 있는 나무여서 나무 반출을 막을 법적 근거는 없었을 것입니다. 하지만 나무를 캐내느라 도로 포장을 임의로 파손하는 행위를 중지시켜서 나무 반출을 막아보려는 마음이 그 형님 안에 있었던 모양입니다.

100년은 족히 살았을 그 느티나무의 삶은 쉽지 않았다고 합니다. 땅 주인은 여러 차례 그 나무를 죽이려 시도했다고 했습니다. 아마 나무가 커갈수록 그림자가 커져서 밭농사를 망친다고 생각했기 때문일 것입니다. 그래서였을까요? 마치 연리목처럼 맞닿아 있던 아름드리 줄기 하나를 잃은 채 서 있던 나무였습니다. 하지만 그 커다란 상실에도 느티나무는 고즈넉한 기품을 잃지 않고 있었습니다.

그 느티나무는 어디론가 영원히 떠났습니다. 그곳에는 이제 부서

진 길과 움푹 파여진 웅장했던 뿌리의 빈자리만 쓸쓸히 남아 있습니다. 마을의 어느 형님은 그것을 팔아 얼마의 돈을 벌었을 것입니다. 그 나무를 반출해 간 어느 조경업자는 그 형님이 거머쥔 돈의 수십 배에 달하는 돈을 챙겼을 것이고, 그 나무를 사서 건물 앞의 어딘가에 조경을 한 누군가는 자연을 품은 건물을 지었다고 만족해 할 것입니다. 그렇게 해서 느티나무 한 그루는 우리 사회에 생산 유발효과를 일으킨 재화로 변했을 것입니다. 경제는 돈이 오고 가는 모든 상업적 거래를 성장률을 따지기 위한 자료로 삼고 있습니다. 그러니 길을 일러주는 이정표의 하나로 서 있던 별 쓸모없던 느티나무 한 그루가 거창하게는 우리나라의 GDP 상승에 기여한 셈인 것이지요.

하지만 많은 사람들은 나무가 뽑혀 실려 나가고 난 뒤에야 알게 되었습니다. 그 오래된 나무가 자신에게, 그리고 마을에 어떤 존재로 심겨져 있었던 것인지를. 느티나무는 그들의 추억이 고스란히 묻어 있는 유년의 놀이터였습니다. 마을 사람이면 누구나 그 나무에 얽힌 자신의 이야기 하나씩은 가지고 있었습니다. 누군가는 그 아래서 병정놀이를 했을 테고, 다른 누군가는 몰래 연애를 했을 것입니다. 또한 한 여름에 새참을 먹기에 좋은 장소였을 테고, 노인들의 야외 사랑방이기도 했을 것입니다. 사람들은 알았을 것입니다. 나무가 커다란 크레인의 도움으로 트럭에 실려 어렵게 마을을 떠나던 그 순간, 자신들의 오래된 이야기도 함께 팔려 떠났다는 사실을.

새들의 노랫소리가 듣고 싶다면

혹시 그대 문득 새들의 노랫소리가 듣고 싶은 적이 있는지요. 지상에서 가장 아름다운 새들의 합창 소리를 듣고 싶다면 이 숲으로 오십시오. 특별히 새벽과 저녁 무렵에 오셔야 좋습니다. 무수한 새들 저마다가 부르는 노랫소리가 모이고, 섞여 빚어내는 군더더기 없는 앙상블의 시간에 매료될 것입니다. 그대는 그저 눈을 감기만 하면 됩니다. 감나무 과수원 위쪽, 버드나무 한 그루가 아름답게 서 있는 자리에서 고요히 눈을 감고 한참 동안 서 있기만 하면 됩니다. 온몸의 긴장이 소멸하고 욕망의 때 역시 단숨에 씻겨 내려갈 것입니다. 오로지 자연인 아무개로서의 그대가 온전히 살아나는 경험을 하게 될 것입니다. 자연에게 지갑을 열어 그 고마움의 대가를 지불하고 싶어질지도 모릅니다.

정말 그러냐고요? 그럼요, 정말 그렇습니다. 산방 앞뒤로 아직 그리 크지 않은 나무들을 잔뜩 심은 뒤부터 부쩍 새들의 노랫소리가 가까워지고 그만큼 아름답게 느낄 수 있게 되었습니다. 신기한 경험이었습니다. 달라진 것이라고는 그저 비닐을 덮고 농작물 심어 농사짓던 곳에 3~4m 간격으로 감나무와 대추나무, 매실나무와 두릅나무 따위를 심었을 뿐입니다. 배경이 되는 저 너른 숲이 더 가까워진 것도 아니고, 그곳에 큰 변화가 생긴 것도 아닌데 전보다 더욱 가깝고 깊은 새들의 노랫소리를 들을 수 있게 되었습니다.

요즘에는 아침이면 검은 머리를 하고, 잿빛과 푸른빛의 털을 경계 없이 섞어 옷을 입은 물까치들이 나뭇가지에 앉았다가 다시 밭에 앉아 먹고 마시고 노니는 모습을 볼 수 있습니다. 예전에는 고작 박새와 딱새류들이 까불까불 덤불 근처를 서성이다 호로록 날아갈 뿐이었는데, 이제는 종류를 구분하기 어려울 만큼 많은 종류의 새들이 밭과 숲의 경계를 오가고 있습니다. 따라서 이른 아침과 저녁, 그저 마루문을 열고 밖에 나가기만 해도 가까운 곳과 먼 곳으로부터 들려오는 새들의 노랫소리가 더욱 곱고 아름답게 들려옵니다.

바쁜 농사철, 하루를 열고 또 하루를 닫는 시간에 새들의 청량한 노랫소리를 들을 수 있다는 것이 얼마나 큰 기쁨인지 모릅니다. 또한 저들은 농약을 치지 않는 내 밭의 해충(?)들을 잡아 시식함으로써 농사를 돕고 있습니다.

다 자란 나무 한 그루에는 최소 50여 종의 생명이 기대어 삽니다.
그들이 빚어주는 고즈넉한 풍경은 덤입니다.

© 윤광준

언제나 농담의 형식을 통해 가르침을 전하던 나의 숲 스승께서 던진 이야기가 생각납니다.

"당신이 살고 있는 도시에서 새들의 노랫소리가 듣고 싶은가? 방법은 간단하다. 근처에 나무를 심어라. 더 많은 나무를 심어라."

진심을 담은 사과

요즘은 거의 종일 자리를 뜰 수가 없습니다. 오전 10시부터 오후 5시까지 감나무 밭둑에 앉아 토종벌들의 움직임을 주시해야 하기 때문입니다. 토종벌은 정말로 부지런합니다. 가로세로 25cm 정사각형과 7cm의 높이를 가진 나무 상자 몇 개를 이어서 만들어준 벌들의 집 내부를 들여다볼 수는 없습니다. 아마도 벌 상자 속에는 정육각형의 방들로 가득하고, 방 안 대부분에는 꿀이나 양육 중인 새끼벌, 혹은 차세대 여왕벌이 양육되고 있을 것입니다. 벌통의 출입문은 벌들의 근면을 목격하기에 알맞은 장소입니다. 그 문을 통해 꿀이나 꽃가루를 가득 머금은 일벌들이 연신 들락거립니다. 외적을 지키는 경계병은 그 출입문 문턱에 앉아 완벽하게 경계를 섭니다.

꿀벌들은 딱 이 무렵 새로운 세대를 만들어 분가와 독립을 합니다. 벚꽃이 꽃비처럼 질 즈음, 그리고 산딸기가 숲의 온 바닥을 제 꽃으로 물들이기 시작할 무렵이면 어김없이 그들의 세대 확장이 시작됩니다. 나는 올해부터 본격적인 토종벌 농사를 시작했습니다. 때문에 새로운 집을 찾아 떠나는 여왕벌과 그들의 추종세력을 받아 빈 벌통에 앉히는 일은 1년 토종벌 농사 중 가장 중요한 일입니다. 벌 한 통을 받아 앉혀 놓으면 대략 50만 원에서 150만 원어치의 꿀을 수확할 수 있습니다. 올해는 작년부터 지켜온 6통의 벌과 4월 하순 새로 사온 7통의 벌을 합쳐 13통으로 시작했는데, 그 사이 21통으로 늘었습니다.

문제는 일주일에 두세 번 외부 강의를 하는 날이 있다는 것입니다. 요즘은 하루에 보통 한두 통의 벌이 분봉^{分蜂}을 하는데, 홀로 살고 있으니 집을 비웠을 때 분봉을 하면 벌을 받을 수가 없고, 그만큼 손실인 셈입니다. 어제도 강의가 있는 날이었습니다. 아침 일찍 집을 나가 저녁에나 들어올 수 있었기에 나는 집을 떠나기 전 절박한 마음에 벌들에게 말을 걸었습니다.

"벌들아, 오늘 분봉하지 말고 내일 분봉하렴. 내일은 농업대학 수업도 가지 않고 너희들을 받을 테니, 그렇게 해주렴. 산 속에 가져다 놓은 다른 사람들의 빈 통으로 들어가면 가을에 너희들은 모든 꿀과 함께 목숨도 빼앗기고 말 거야. 너희들을 생명으로 대하는 나와 함께 사는 것이 낫지 않겠니?"

진심을 담아 그렇게 말을 건네고 강의 장소로 갔습니다.

분봉하는 벌들 대부분은 일단 벌통 주변의 적당한 나무에 앉습니다. 이때 농부가 벌들을 받아서 새로운 벌통에 앉혀주지 않으면 미리 봐두었던 산 속의 빈 벌통이나 고목의 빈 나무 속, 바위 틈 등으로 떠나버립니다. 강의를 끝내고 서둘러 귀가했지만 시간은 이미 저녁 7시를 넘겼습니다. 혹시나 해서 분봉하는 벌들이 자주 앉는 느티나무 몇 그루를 둘러보았습니다. 역시 벌은 붙어 있지 않았습니다. 분봉이 없었던 것인지, 혹은 산으로 이미 떠난 뒤인지는 알 수 없었습니다. 어느새 점점 날이 어두워지고 있었습니다. 마지막 나무 앞에 서서 아쉬움 반, 걱정 반으로 발길을 돌리려는 순간, 거뭇한 한 무더기의 벌들이 미동도 하지 않고 높은 나뭇가지에 모여 있는 모습이 눈에 들어왔습니다. 절로 튀어나온 첫 마디는 이랬습니다.

"고맙다. 벌들아, 정말 고맙다. 벌들아."

후다닥 나무로 올라갔습니다. 빈 바가지를 대고 "두~레~ 두~레~, 함께 살자. 벌들아. 고맙다, 벌들아!"를 반복했습니다. 이렇게 하면 벌들은 보통 알아서 바가지로 들어갑니다. 그런데 어둠이 짙어질 때까지 그렇게 외치고 쓸어담아 보려 애썼지만, 벌들은 꼼짝도 하지 않았습니다. 나뭇가지를 흔들지 않아야 했고, 또 나무에서 떨어지지 않기 위해 마네킹처럼 자세를 잡아야만 했습니다. 온몸에 땀이 쏟아지기 시작하고, 근육통도 점점 심해졌습니다. 배도 고팠습니다. 하는 수 없이 나무에서 내려왔습니다. 잠시 몸을 풀고 다시 올라갔습니다. 그리고 벌들에게 빌기 시작했습니다.

"미안하다, 벌들아. 너희들이 얼마나 긴 시간을 이렇게 힘들게 붙어 있었겠니? 어쩔 수 없이 외출해야 했던 나를 이해하고 제발 들어가자. 미안하다. 그리고 기다려줘서 고맙다."

진심을 담은 사과였습니다. 놀랍게도 벌들이 움직이기 시작했습니다. 일단 움직이기 시작하자 10여 분만에 모두 바가지 속으로 들어갔습니다. 미리 준비해둔 빈 벌통에 그들을 조심스럽게 옮겨 담았습니다. 하늘엔 별이 총총 빛나고 있었습니다.

벌에게 말을 건네고 사과까지 하는 나를 그대는 이상하게 여길지도 모릅니다. 하지만 무수한 생명과 대등한 입장에서 살아보면 그대도 알게 될 것입니다. 때로는 사람보다 말없는 생명들에게 감사와 사과의 마음이 더 잘 전달된다는 것을. 이런 경험 한두 가지쯤 품고 살 수 있는 사람이 되었을 때 그도 이미 자연이 된 것임을 나는 압니다.

본래의 힘

분봉하는 벌을 받아 앉혀 놓은 몇 개의 벌통에서 벌들이 떠나버렸습니다. 그것을 바라보는 농부의 마음이 얼마나 서운한지는 겪어본 사람만이 알 것입니다. 마당 한 켠에 심은 몇 포기의 상추 중에 개에게 밟힌 한 포기의 상추가 시들어도 서운한 마음이 큰데, 어렵게 받아놓은 벌들이 집단으로 집을 떠나는 장면을 그저 바라만 봐야 하는 섭섭함은 그에 비할 바가 되지 못합니다.

말없이 그들이 떠나고 난 빈 벌통을 열어봅니다. 무엇이 불편했을까요? 곧 비가 온다는데, 저렇게 떠나면 집과 먹이를 구하느라 주리는 시간을 겪어야 할 텐데, 그럼에도 무엇이 저들에게 이곳을 버려 산 속의 험난함을 택하게 했을까요? 심하게 표현하면 마치 저들로부터 내가 버림받았다는 느낌을 받게 됩니다. 그들이 좋아하는 밀랍을 정성껏 녹이고 미리 발라 마련해 두었던 빈 벌통이었는데,

저들은 사흘 만에 가차 없이 그 집을 버렸습니다. 그들이 떠나고 난 빈 벌통을 살펴보았으나 특별한 원인을 찾을 수가 없었습니다.

나보다 오랫동안 벌을 쳐 오신 마을 어르신께 상황을 여쭈었습니다. 어르신은 나의 벌통만 그런 것이 아니라 했습니다. 며칠간 마을의 벌통에서도 많은 도망벌이 있었다고 했습니다. 어르신은 아마도 가뭄 탓일 거라 말씀하셨습니다. 가뭄이 지속되면, 벌들이 안정을 취하지 못한다고 하셨습니다. 나만 버림받은 것은 아니라지만 위안이 되질 않았습니다. 나는 저들이 떠나는 근본적인 원인을 꼭 알고 싶었습니다.

며칠을 고민한 끝에 떠나간 네 통의 벌통 중에 두 통의 원인은 개미라고 추정하게 되었습니다. 떠난 두 개의 벌통 주변에 개미집이 있었습니다. 개미가 그 집에 들락거리는 모습을 보았으면서도 접근을 막는 조치를 취해주지 않았는데, 이것이 벌들의 이사를 결심하게 한 결정적 원인이라는 결론을 내리게 되었습니다. 다른 두 통의 벌이 떠난 원인은 어르신 말씀처럼 아마 가뭄 탓인지도 모른다고 추정하고 있습니다. 이즈음의 가뭄은 산딸기 꽃이 지고 일시적으로 숲의 밀원이 부족한 상태일 때 오기 쉽습니다.

이미 집을 지어 자리를 잡은 벌들이야 저장해놓은 꿀과 꽃가루를 먹으며 다른 꽃들의 개화를 기다리면 되지만, 딱 이틀 치의 먹이만을 머금고 분봉한 벌들은 밀원이 부족한 시간을 건널 방법이 마땅하지 않았을 것입니다. 이틀간 주변 숲을 탐방해 본 뒤, 더 많은 밀원이 있는 지역으로 옮겨야겠다는 결심을 했을 테고, 그렇게 이곳을 버렸을 것입니다.

그렇게 이해하니 한결 마음이 편해집니다. 그들이 지닌 본래의 특성을 따라 본래의 힘으로 살고자 떠난 것이라 이해하게 되자 오히려 다행스럽다는 생각이 듭니다. 토종벌은 가끔씩 먹이를 주고 특별히 온도를 관리해주면서 사육하는 서양벌과 달리, 강한 야생성을 그 특징으로 합니다. 상대적으로 작은 규모로 살지만, 스스로 먹이를 구하고 추위와 더위를 피하며 살아가는 방법을 익힌 생명들입니다. 그렇게 스스로 살아갈 수 있는 힘이 있는 자들에게는 두려움도 주저함도 적은 법임을 나 또한 알고 있습니다. 이제는 그저 떠난 벌들이 본래의 힘으로 새로운 집을 짓고 잘살 수 있기를 빌게 됩니다.

용기勇氣 있는 사람

벌려놓은 것도 별로 없는데, 5월은 참 바빴습니다. 진짜 농부들 보기에는 민망할 정도로 적은 양의 농사를 짓고 있고, 글 써서 기고하는 양이나 매달 강의하는 날도 쥐 오줌만큼밖에 안 되는데, 새 살림 차리는 벌 받느라 그랬을까요. 5월에는 도무지 고요히 나를 들여다볼 시간이 마땅하지 않은 달이었습니다.

숲에 피고 진 꽃이 몇인지도 제대로 못 보았고, 뻐꾹새 다시 돌아와 숲의 소리들 속으로 스며든 것도 언제였는지 놓쳤습니다. 또한 좋아하는 그이 장가든다는 데도 미처 가보지 못했습니다. 그렇게 5월의 삶이 정신없이 지났고, 결국 스스로의 삶을 똑바로 마주하지 못했으니 참 비겁했습니다. 6월엔 조금 더 용기 있는 삶을 살고 싶습니다.

책에서 씩씩하고 굳센 기운이 있거나 무엇도 겁내지 않는 기개를 갖춘 사람을 '용기 있는 사람'이라 한 것을 보았습니다. 그러나 진정 용기 있는 사람은, 스스로에게 정직한 사람임을 나는 압니다. 두려운 것을 감추기보다 두려우면 두렵다 말할 수 있는 사람, 두려워서 떨리지만 그 두려움을 끌어안고 한 발 디뎌보겠다고 다짐하고 실천하는 사람이 진정 용기 있는 사람임을 나는 압니다.

살다 보면 나의 5월처럼 욕심이 일어서 자신이 담을 수 있는 그릇보다 더 많은 것을 담고 싶은 생각이 들 때가 있습니다. 그때 넘치게 담아보려 거침없이 손을 들어 청하는 사람보다, 당장 고개를 떨어뜨리더라도 다시 바탕에 충실하여 자신의 그릇을 키우려 애쓰는 사람이 용기 있는 사람입니다. 과한 욕심과 두려움의 잔을 지울 수 있는 이가 제대로 용기 있는 사람입니다.

6월에는 그대도 용기 있는 사람이기를 바랍니다.

그대를 위해 준비해놓은 의자

어제는 모처럼 고요했습니다. 지방선거 당일이어서 한동안 이 숲까지 어지럽게 들리던 후보자들의 확성기 소리가 완전히 사라진 탓이었습니다. 투표를 마치고 돌아와 오랜만에 오후 내내 숲 속에 앉아 책을 읽었습니다. 벌통들 뒤에 자리를 잡고 앉았습니다. 그곳엔 작은 옹달샘이 있고, 물을 좋아하는 아주 커다란 버드나무가 그늘을 드리우고 있습니다. 내게 처음으로 말을 건넸던 나무, 이 숲에 들어와 살되 나무 한 그루, 풀 한 포기도 함부로 대하지 말며 살 수 있다면 들어와도 좋다고 말했던 가죽나무도 서 있는 곳입니다.

분봉 벌을 지키는 날이면 그곳에 앉아 그렇게 책을 읽곤 하는데 그 자리는 곧 병원이요, 도서관이고 절입니다. 거기서 가만히 앉아 있으면 숲이 내는 소리와 향기와 바람이 몸으로 스미고 차올라 내가 숲으로 녹아든 것 같은 느낌을 받게 됩니다. 벌들의 부지런한 날갯짓 소리, 바람을 맞는 나무 이파리들의 떨림, 새들의 노랫소리……. 소리는 모두 제각각이지만, 그들이 모이고 어울려 빚는 소리는 확성기로는 도저히 흉내 낼 수 없을 만큼 훌륭한 어울림을 갖고 있습니다. 이즈음 들리는 새소리 중에서는 검은등뻐꾸기의 짝 찾는 소리가 백미입니다. 그대에게 글로는 그 독특한 소리를 들려주지 못하는 것이 아쉬울 뿐입니다.

아카시아꽃이 활짝 피었다 슬며시 져가는 요즘, 숲에는 단연 찔레꽃 향기가 으뜸입니다. 벌들도 나도 모두 하얀색 그 향기에 취해 환장할 것 같습니다. 장사익 선생의 노래 〈찔레꽃〉의 애절함이 어디에서 오는지, 그 연원을 온전히 이해할 만큼 그 향기의 매력은 진합니다. 신기한 것은 나의 오감이 이토록 무수한 자극들을 향해 활짝 열려 있는데도 책 속의 글들이 흐트러짐 없이 가슴 깊숙이 파고들어온다는 것입니다.

너는 네 세상 어디에 있느냐? 너에게 주어진 몇몇 해가 지나고 몇몇 날이 지났는데, 그래 너는 네 세상 어디쯤에 와 있느냐?

법정 스님의 《오두막 편지》에 적힌 이 한 대목을 소리를 내어 열 번쯤 읽었습니다. 너무 깊고 충만하여 그대로 책을 덮고 눈을 감은 채 가만히 있었습니다. 모든 소리가 사라지고 모든 향기가 사라졌습니다. 이윽고 나도 사라졌습니다. 숲의 모든 존재 속으로 내가 다가가 닿고 마침내 연결되어 하나가 되는 황홀함이 몇 년 만에 다시 찾아 들었습니다.

그대 삶이 떠돌고 어지러워 견딜 수 없을 때, 하여 스스로를 가누기 버거운 때, 그대 이 경험을 나누고자 이 숲에 오는 날이면 나는 저 파란색 의자를 기꺼이 내어드리겠습니다.

넘어져보는 경험

벌에게 제대로 쏘였습니다. 분봉하는 벌을 받아 앉히기 위해 필요한 도구를 가지러 다른 벌통 앞을 지나다가 이마의 한가운데를 쏘이고 말았습니다. 워낙 갑작스러워서 처음엔 벌이 그냥 이마를 물어보는 줄만 알았습니다. 일하기 위해 쏜살같이 날아가던 벌이 자신의 길을 가로막은 어떤 물체를 탐색하기 위해 다리로 더듬어보고 물어뜯어보는 줄로만 생각했습니다. 그래서 기꺼이 얼음이 되었습니다. 오직 녀석이 조용히 날아가기만을 기다렸습니다. 일반적으로는 위협하던 벌도 가만히 있으면 날아가니까요.

그렇게 얼음이 된 지 한 20여 초의 시간이 흘렀을까요? 느낌이 이상했습니다. 녀석이 심하게 날갯짓을 하고 있었습니다. 날아가려는데 날아가지 못하고 있는 것이 느껴졌습니다. 꿀벌은 침을 쏘면 자신의 삶도 마감해야 합니다. 예리한 침이 누군가의 살에 박힐 때

침에 연결된 내장도 함께 떨어져 나가도록 되어 있기 때문입니다. 마침내 벌의 날갯짓 소리가 사라졌습니다. 벌도 사라졌습니다. 하지만 나의 이마에는 벌의 몸 일부가 달린 침이 남아 있었습니다.

마침 벌 공부를 위해 찾아오신 손님에게 부탁하여 침을 뺀 뒤, 분봉 중인 벌을 마저 받아 앉혔습니다. 귀 밑까지 화끈거리고 호흡도 좋지 않다는 것을 느꼈습니다. 일을 마치고 손님과 차를 마신 뒤 거울을 보았더니 낯선 사람이 있었습니다. 거울 속에는 흠씬 얻어맞고 내려온 복싱 선수가 있었습니다. 정신이 없었지만 그 와중에도 얼른 사진을 찍어두었습니다. 언젠가부터 내가 우는 모습의 사진을 꼭 찍어두고 싶다는 생각이 들었었는데, 문득 부어 오른 이 모습도 간직해두고 싶다는 생각이 들었기 때문입니다.

곧 어느 대학에 강의를 하러 가야 하는데, 정신을 차리자 걱정이 되었습니다. 하는 수없이 읍내 병원 응급실에 가서 엉덩이 주사 2대를 맞았습니다. 하지만 부어 오른 얼굴이 가라앉기까지는 시간이 며칠 필요할 것이라는 이야기를 들었습니다. 결국 부은 얼굴로 강의를 했습니다. 처음엔 어색하고 민망했습니다. 하지만 강의가 끝나고 받은 피드백에서 나의 부어 오른 얼굴 때문에 청중들이 아주 진한 리얼리티를 느꼈음을 알게 되었습니다. 숲의 일원이 되어 새로운 삶을 살아가는 40대 중반 한 남자의 살아 있는 삶을 느낄 수 있어서 좋았다는 이야기를 들었습니다.

나에게 분봉하는 벌을 받는 일은 무척 신나는 일입니다. 쉼 없이 집을 짓고 꿀과 꽃가루를 수집하여 새끼 벌을 키우며 강군이 되어가는 벌통을 살피는 일도 신나는 일입니다. 그것은 하나의 통 속에 들어 있는 벌들의 삶을 통해 늦가을 두어 되의 꿀을 얻어먹을 수 있기 때문일 것입니다. 하지만 벌쟁이가 되어가는 과정에서 오늘은 벌에게 쏘여 제대로 넘어져보는 경험을 하게 되었습니다. 예전 같으면 다시 벌통 앞에 서는 것을 한 동안 주저했을 텐데 나는 오히려 벌들을 더 유심히 관찰하게 되었습니다. 어떤 상황일 때 벌이 목숨을 버리면서까지 접근을 불허하는지를 더 깊이 알아가는 계기가 되었습니다.

　세상에는 넘어지는 것이 두려워 제 길을 걷지 못하는 사람들이 많습니다. 하지만 넘어져보는 경험이야말로 진정한 삶의 리얼리티입니다. 그런 인생이야말로 진정 살아 있는 삶입니다.

평범함을 굴복시킨 그것

다시 청산도에 다녀왔습니다. 이번에는 한 여인과 함께 3박 4일을 그곳에서 보냈습니다. 오늘은 그 여인의 이야기를 할 작정입니다. 지극히 평범한 모습의 그녀는 나보다 세 살이 많습니다. 이제 쉰 살이 몇 해 남지 않았지만, 여전히 소녀적 감성이 가득합니다.

우리는 이틀간 슬로시티로 지정된 완도군 청산도의 아름다운 길을 주의 깊게 걸었습니다. 완도군이 '슬로길'이라고 명명한 청산도의 도보 일주 코스 주변에 존재하는 생태와 문화 자원을 조사하기로 하였습니다. '슬로길에서 만나는 청산도 생태문화도감'을 만드는 프로젝트를 함께 수행하고 있었기 때문입니다.

우리는 대부분의 길을 걸으며, 약간의 길은 차를 타고 이동하였습니다. 그동안 그녀가 매 순간 보여준 분별력은 놀라웠습니다. 그녀는 가는 곳에서 만나는 모든 식물에 대한 분류를 척척 해냈습니다. 마을의 수채에서 자라는 식물, 갯가에서 자라는 식물, 큰 산불이 난 뒤 복원되고 있는 숲에서 자라는 야생초들, 마을 주민들의 집과 절에서 자라는 식물 대부분을 줄줄이 읊으면서 메모하였습니다. 해질 무렵에는 이동하는 차 안에서 스쳐가는 길 섶 식물들을 재빨리 메모하고 있었습니다. 식물의 이름과 식물 분류에 관한 한 그녀는 거의 신의 경지에 이른 사람이었습니다. 하긴 그도 그럴 것이 그녀는 두 권의 도감을 펴냈고, 식물에 관한 서너 권의 책을 쓴 사람이었습니다. 뿐만 아니라 신춘문예로 등단한 동화작가로 몇 권의 동화책도 지었습니다. 이 분야에서 그녀는 이미 대한민국을 대표하는 전문가의 자리에 오른 사람이었습니다.

하지만 그녀도 오랜 시간 지극히 평범한 사람이었습니다. 이번 프로젝트를 수행하기 전 그녀의 프로필을 본 적이 있는데, 서른여덟 살까지 지극히 평범한 가정 주부였습니다. 어떤 계기였는지 모르지만, 어느 순간부터 매주 수요일을 꽃요일로 정하고, 마음 맞는 주부들과 함께 들풀을 찾아 숲에 들기 시작했습니다. 수년 동안 무수한 풀을 만나고 그 이름 하나하나를 마음으로 기억하던 그녀는 드디어 《풀꽃 친구야 안녕》이라는 책을 냅니다. 이어서 매주 찍고 모아온 풀꽃 사진과 지식을 엮어 《주머니 속 풀꽃도감》을 펴냈습니다. 다시 꾸준한 꽃모임 중에 나물 캐는 할머니들을 만나 그분들의

지식과 지혜를 토대로 《주머니 속 나물도감》을 펴냈습니다.

숲 공부를 본격적으로 시작했을 때 나는 그녀가 펴낸 풀꽃도감으로 공부를 했습니다. 만난 적은 없지만 그녀가 나의 풀꽃 스승인 셈이었습니다. 우리가 처음 직접 만난 것은 내가 《숲에게 길을 묻다》라는 책을 낸 뒤였습니다. 그녀가 꽃모임을 갖고 있는 이들과 함께 나의 산방을 찾아주었습니다. 책으로 만나던 스승이 졸저의 독자로 찾아주었을 때, 나는 무릎을 꿇고 그녀가 가져온 나의 책에 사인을 했고, 내가 가진 그녀의 도감에 사인을 받았습니다. 그녀가 펴낸 책이 담고 있는 위대한 지적 자산에 대한 존경의 표현이었습니다.

여전히 평범한 모습을 하고 있는 여인이지만, 그녀는 이미 위대함의 강을 건넌 사람입니다. 전국 곳곳에서 그녀를 초대하고 있습니다. 또한 거의 매년 한 권의 책을 쓰고 있습니다. 여전히 주부요 며느리요 어머니의 삶을 살고 있지만, 결코 그럭저럭 평범한 안락을 좇는 여인의 삶을 사는 사람이 아니었습니다.

나흘간 함께 한 시간에서 나는 그녀의 평범함을 굴복시킨 것이 무엇인지 알게 되었습니다. 그것은 좋아하는 것이요, 또한 꾸준히 그 마음을 유지하는 것이었습니다. 누구보다 풀꽃을 좋아하고, 누구보다 꾸준하게 그들의 모습에 귀 기울이는 삶이 평범한 그녀를 위대한 여인으로 바꿔놓은 것이었습니다. 놀랍게도 최근 식물도감을 펴낸 많은 사람들은 그녀와 같은 비전공자입니다. 좋아하고 그 좋아하는 것에 꾸준한 것의 위대함, 어떤가요. 겪어보고 싶지는 않은지요.

삶이 웅덩이에 빠져 갇혔을 때

나의 오두막으로 오르는 길에는 제법 깊은 웅덩이가 하나 있습니다. 오두막 남쪽 숲 봉우리에서 발원한 물이 달천을 만나 한 강에 이르려면 꼭 이 웅덩이를 거쳐야 합니다. 더러 차와 농기계들이 지나다니면서 만드는 땅의 변형과 두 갈래 물이 합쳐지면서 생기는 자연스러운 모래톱으로 인해 이 웅덩이에는 더 높은 둑이 생기기도 합니다. 따라서 이 숲에서 발원한 물은 왕왕, 이 파여진 땅에 머물러 흐름을 멈추고 있는 날들을 만나게 됩니다. 아니, 각처에서 흘러나온 물들은 모두 저만의 경사를 타고 흘러 바다에 이르기까지 이 숲의 물과 마찬가지로 수없이 많은 웅덩이를 만날 것입니다. 웅덩이를 만난 물은 흐르려는 의지보다 더 강한 꺼진 땅의 깊이에 의해 길을 멈추고 갇히게 됩니다. 물은 늘 흐르려고 합니다. 그것이 물의 길이요, 본질일 테지만 물도 어떤 장애를 만나 갇혀 지내야 하는 때가 있다는 이야기입니다.

살다 보면 우리 삶 역시 이렇게 갇히는 때가 있습니다. 아무리 애를 써도 빠져 나갈 수 없는, 마치 깊은 수렁에 빠진 것과 같은 시간이 우리 삶의 일부로 존재하기 마련입니다. 아직 그런 때를 만난 적이 없는 이라면 그이는 다행한 사람입니다. 그러나 살다 보면 한두 번쯤은 모든 희망을 거두어 폐기해야 할 만큼 앞이 보이지 않는 절망의 날들이 있기 마련입니다. 삶 속에는 뜻하지 않은 어떤 강렬한 힘에 의해 그 삶이 포박당하는 때가 있다는 이야기입니다.

혹시 그대 삶도 웅덩이에 빠져 갇힌 적이 있는지요? 그대 힘으로는 도저히 벗어날 수 없는 깊은 질곡에 빠져 보신 적이 있는지요? 그렇다면 그 시간을 어떻게 견디었는지요? 분노를 품고 독을 키워 그 시간을 견디었는지요? 혹은 절망하여 한숨과 눈물로 나날을 보냈는지요? 아니면 그 상황을 누군가에게 전가해보거나 원망하거나 부정하면서 지내지는 않았는지요?

짧은 시간을 살았으면서도 나는 두어 차례 그런 시간을 보낸 적이 있습니다. 나 역시 분노하고 절망하고 통곡했습니다. 누군가를 원망하기도 했고, 부정도 했으며 빠져나가려 발버둥치기도 했습니다. 그러나 빠져나오지 못했습니다. 오히려 몸은 지쳤고, 마음은 시퍼렇게 멍들어 지독한 외로움에 갇혔습니다.

두어 차례 절망을 경험하고 자연과 삶을 성찰하면서 나는 삶이 웅덩이에 빠져 갇혔을 때 벗어나는 방법을 정리해 두었습니다. 그저 한 사람의 경험이요, 터득이니 보편성이 있을지는 모르지만, 누군가에게는 도움이 될까 하여 편지에 담습니다.

웅덩이에 갇힌 시간도 내 삶의 귀중한 일부임을 인정할 것. 그 처한 곳에서도 삶을 누릴 것. 포박된 삶의 고통과 갑갑함을 기꺼이 껴안고 삶을 지속할 것. 즉, 내가 처한 그 웅덩이 안에서도 내 삶이 진행되게 할 것. 당장 진전이 없을지라도 돌이켜 그 시간이 내게 귀한 경험이 되었던 때였음을 회상할 수 있게 처신할 것. 하루하루가 아픈 나날일지라도 때를 기다려 오늘을 열고 닫는 일을 게을리하지 말 것. 그 자리에서 썩어 주변과 함께 악취를 만들지 말 것. 그리고 때가 되면 다시 힘차게 여행을 떠날 것. 마치 웅덩이에 고였다가 새로운 물이 밀고 들어올 때 힘차게 바다로 다시 여행을 시작하는 물처럼.

차나 농기계가 지나면서 만든 언덕은 다시 다른 것에 의해 허물어질 수 있습니다. 빗물이 만든 모래톱 역시 다시 더 큰 빗물에 의해 허물어지는 때가 반드시 있습니다. 얼어붙은 물일지라도 녹아내리는 날이 반드시 도래합니다. 그것이 자연의 이치입니다. 그것을 알면 갇힌 삶의 시간 역시 다 지나가게 된다는 것도 알게 됩니다.

소용없는 것의 소용에 대하여

숲을 알아가면서, 아는 것을 넘어 느끼면서, 느끼는 것 너머에 있을 숲과 하나 되는 삶을 꿈꾸면서 보이지 않던 것들을 보게 됩니다. 마침내 도처의 풀 한 포기, 나무 한 그루도 제 소용 지니지 않은 것이 없다는 것을 알게 되고 느끼게 되어 모두를 존중하게 된 지 꽤 오래 되었습니다.

이를 테면 요즘 특별히 붉은색 열매를 줄줄이 달고 있는 산딸기의 가시덤불은 그 소용을 말하기가 쉽습니다. 산딸기의 열매는 이즈음 새들에게 더 없이 좋은 먹이가 됩니다. 또한 가시로 무장한 채 숲의 경계지대를 차지하고, 큰 동물들의 접근을 막아줌으로써 작은 새와 다른 동물들에게 안전한 서식처 노릇을 합니다. 물가에 자라는 무수한 종류의 풀들은 유속을 줄여주고 탁해진 물을 정화합니다. 숲 가장자리나 논과 밭둑의 풀들은 흙을 막아 땅의 유실을

줄여줍니다. 이렇듯 저마다의 자리에서 그들은 제 소용을 발하며 살아감으로써 숲과 지구공동체에 기여합니다.

하지만 유독 칡덩굴에 대해서만은 그 소용에 관한 의문을 풀지 못하고 있었습니다. 칡은 덩굴 모양으로 아주 빠르게 사방으로 뻗어나가며 좀 특별한 꼴로 살아갑니다. 요새 산방으로 오르는 길 좌우측은 칡덩굴로 가득합니다. 이 숲의 경사면은 지금 온통 칡들의 생장 욕망으로 채워진 셈입니다. 칡은 넓은 잎과 유연하면서도 질긴 줄기를 이용해 옆으로 기며 자람으로써 누구보다 넓은 대지 면적을 차지하는 방법을 터득한 식물입니다. 그렇게 자라는 것이 가능한 데도 다른 나무를 만나면 꼭 그 나무를 감고 올라가는 버릇을 가졌습니다. 그 식물이 피우는 보랏빛 꽃이 수많은 벌과 나비를 부양하는 것도 사실이지만, 덩굴로 감고 올라 결국 시들어 죽게 만드는 나무의 숫자도 결코 무시할 수 없습니다. 오랫동안 나는 칡이 지닌 이 무도함이 궁금했습니다. 칡은 왜 꼭 자기 주변의 나무를 감아 죽게 만들면서 자기 삶을 잇는 것일까요.

지난 해 어느 장날 묘목상으로부터 얻어다 집 뒤 경사지에 심은 자두나무 한 그루는 비실비실했습니다. 애초에 묘목상이 내게 부실한 나무를 공짜로 주었기 때문입니다. 하지만 올 봄 그 나무는 무척 열심히 잎을 내고 가지를 뻗기 시작했습니다. '아, 내년쯤에는 저 나무에게 자두 몇 개 얻어먹겠구나' 생각할 만큼. 하지만 그 기대가 결코 쉬울 것 같지 않습니다. 칡덩굴이 그 자두나무를 감고 오르면서 그 나무에게로 쏟아지던 빛을 차단하고, 줄기를 옥죄고 있기 때문입니다.

　오늘 낮에 무심히 뒤 뜰 경사지를 바라보다가 문득 칡덩굴에 휘감긴 나무로부터 칡의 소용 하나를 느끼게 되었습니다. 그 식물의 생태적 소용이 꿀 많은 꽃에도 있고, 콩과 식물 특유의 공헌인 땅 속 질소고정자의 역할과 경사지의 흙 사태를 막아주는 역할에도 있지만, 다른 나무들을 더 튼튼히 성장하도록 시험하는 시련 창출자의 역할도 있음을 알게 되었습니다. 칡에게 휘감긴 나무들은 더 부지런해야 합니다. 칡은 주로 탁 트인 공간에서 자랍니다. 칡덩굴에 휩싸이는 나무들도 대부분 탁 트여 빛이 좋은 자리에서 자라는 행운을 얻어 자랍니다. 하지만 신은 그런 공간의 나무들에게 오로지 그 유복함만을 주지는 않는 것 같습니다. 풍부한 빛과 축적되어가는 양분을 활용할 수 있는 행운과 함께 더러 칡이 옥죄어 오는 고통도 감수할 것을 요구합니다. 그 모든 시련을 견딘 나무들에게만 새로운 개척지 숲의 주인이 될 것을 허락합니다. 칡이 주는 시련을 견디고 너른 그늘을 만들 만큼 성장해야 비로소 그 나무들은 더 이상 자기 근처에서 칡이 자라지 못하도록 할 수 있으니까요. 만물은 서로 연결되어 있으니 새로운 땅의 주인이 되려는 이의 삶도 이와 크게 다르지 않겠지요.

버려서 다시 시작하는 방법

나의 산방 마당에는 특별한 나무가 한 그루 있습니다. 여름으로 들어서는 시간인 이 무렵이면 선홍색 꽃을 수줍게 머금었다가 눈부신 자태로 피우기 시작하는 나무입니다. 꽃은 여름이 다 가도록 무려 100일 동안이나 붉은 빛을 토해 마당 한 켠을 물들이는 재주를 가졌습니다. 배롱나무라는 이름을 가진 이 나무는 요새 조경수로 많이 쓰이고 있어 흔하게 볼 수 있습니다. 하지만 내게 이 나무는 아주 특별한 의미를 지닌 나무입니다. 왜냐하면 스승께서 주신 선물이기 때문입니다. 도시의 삶을 버림으로써 나다운 삶을 살고자 이 백오산방을 짓고 입주하던 날에 스승께서 제자의 삶을 격려하시고자 바로 이 배롱나무를 선물해 주신 것입니다.

지난 해 여름, 그 배롱나무는 백일이 넘도록 선홍색 꽃을 피워 나의 뜰을 채웠습니다. 벽돌 틈에 집을 지은 박새들이 새끼에게 먹

이를 날라주기 전 꼭 거쳐 가는 정거장 노릇도 했고, 마당에 놓은 토종벌통의 그늘 노릇도 해주었습니다. 무엇보다 흔들리는 마음 가누기 어려운 날을 겪을 때, 마치 다정하게 지켜보시며 용기를 주시는 스승의 모습처럼 나를 위로해주었습니다.

올 봄에 스승님께는 차마 고백하지 못했지만, 안타깝게도 그 배롱나무가 죽고 말았습니다. 나무가 동해를 입었기 때문입니다. 첫해에는 동해방지를 위해 짚으로 나무를 감싸주어 괜찮았는데, 올해는 이제 스스로 견딜 수 있겠지 생각하여 별다른 방한 대책을 세워주지 않은 탓이었습니다. 지난겨울의 늦은 추위가 예년과 다른 탓도 있었지만, 남쪽이 고향이어서 추위에 약하다는 것을 알면서도 그냥 둔 나의 잘못이 절대적이었습니다. 고민이 많았습니다. 나무에게도 미안하고, 스승님께도 면목이 없었습니다. 해낸 생각이라고는 가을이 오면 새 배롱나무를 사다가 심어야겠다는 것이었습니다. 스승님이 보시고 이상하다 물으시면 무어라 말씀드려야 할까요.

늦은 봄, 나무의 껍질이 들뜬 것을 보고 고무로 테이핑을 해준 뒤 몇 달을 기다려보았지만 나무는 단 한 장의 잎도 내지 못했습니다. 나는 나무가 완전히 죽었다고 생각했습니다. 하지만 며칠 전 기적 같은 일이 일어났습니다. 죽은 줄기 옆에서 새로운 줄기가 힘차게 새 가지를 키우고 있었습니다. 처음엔 풀인 줄 알았습니다. 하지만 붉은 색의 어린 가지는 분명히 배롱나무의 그것이었습니다. "엇,

되살아났구나!" 나도 모르게 소리쳤습니다. 반갑고 고맙고 놀라웠습니다.

저 나무 한 그루에게서 또 배웠습니다. 배롱나무는 추위를 견디기 위해 자신의 지상부 전체를 버리는 선택을 해야 했으나, 땅 속의 뿌리만은 지키고 있었던 것입니다. 견디기 힘든 추위가 계속되던 날, 나무는 후일을 도모하기 위해 몇 년을 일궈온 자신의 것 대부분을 버려야 했습니다. 뜰을 온통 붉게 물들여 벌과 새를 부르며 자신의 하늘을 열고자 했던 꿈을 지닌 배롱나무에게 삶이란 그렇게 치열한 것이었습니다. 모든 것을 버리더라도 자신의 뿌리에 숨겨놓은 꿈만은 버리지 않았던 것입니다.

그렇습니다. 자연 속에는 버려서 다시 시작하는 방법이 있습니다. 버리되 뿌리를 지킬 수만 있다면, 떨구되 꿈을 버리지만 않는다면, 다시 꽃을 피울 수가 있습니다. 모든 생명의 삶은 그렇게 호락호락 무너지지 않는 것입니다.

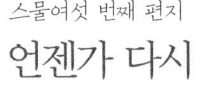

스물여섯 번째 편지

언젠가 다시

서울을 떠난 지 오래되어 감이 많이 떨어지긴 했지만, 도시의 아파트 시장이 불황의 늪으로 빠져드는 듯합니다. 담보대출 융자금이 많은 사람들에게 고통이 시작될 것이 뻔합니다. 원인이야 전문가들이 분석할 일이고, 주목하라고 권하고 싶은 것은 세상을 관통하는 흐름입니다. 자연의 흐름이 그러하듯 경제도, 삶도 장기적으로 등락의 곡선을 반복적으로 형성하며 흘러갑니다. 활황은 거품을 낳고, 그 거품이 꺼질 때 활황의 문이 닫히면서 불황의 문이 열립니다. 추운 겨울의 문이 닫혀야 봄날의 문이 열리는 법입니다. 물론 이 과정은 단절적이지 않습니다. 문이 열리고 닫히는 순간들을 인식하기 어려울 만큼 연속적 과정 속에서 전환이 이루어집니다. 태어나서 지금까지 삶이 타고 흘러온 시간의 좌표 위에 좋았던 시간대와 힘겨웠던 시간대를 연도별로 혹은 나이별로 표시해 보면, 그대 삶 역시 등락의 연속이었음을 알 수 있을 것입니다.

삼십 대의 나는 경제적으로 좋은 시간을 보냈습니다. 가정을 꾸리고 아이를 기르는 데 있어 별 어려움이 없었으니 만족스러운 날들이었습니다. 하지만 마음은 늘 불안하고 불편한 시간이었습니다. 그래서 마음 편한 삶을 살자고 산중의 삶을 택했고, 그 순간부터 지난 몇 년간 나는 경제적으로 갇혀 있는 시간을 보내야 했습니다. 언젠가는 아이가 갖고 싶어 하는 싼 값의 자전거 한 대를 사주는 일이 버거워 아비로서 참담한 심정으로 홀로 눈물 흘린 날도 있었습니다. 경제에 빗대면 30대에 활황, 40대 초반 불황의 국면이 내게 닥친 것입니다.

시간이 흐르면 모든 국면은 전환됩니다. 그래서 활황정책은 출구전략을 필요로 합니다. 사람의 복에 따라 국면별로 정도의 차이는 있으나, 삶 역시 활황기가 있으면 불황기를 맞이하게 되어 있습니다. 정책에서는 활황에서 불황의 국면으로 빠져드는 깊이를 줄이기 위한 전략을 출구전략이라 부르는 듯합니다. 하지만 나는 우리의 삶이 불황에서 활황 또는 활황에서 불황의 시간으로 진입할 때 필요한 전략 모두를 일컬어 입구전략이라 부르고 싶습니다. 왜냐하면 모든 국면은 나가는 것보다 들어설 때의 자세가 중요하다고 믿기 때문입니다.

삶이 잘 나가는 국면으로 접어들 때건 험난한 국면으로 접어들 때건 가장 중요한 전략은 그 상황으로 내가 들어서고 있다는 점을 깨닫는 것입니다. 나무들은 겨울이 오면 그 시절에 맞춰 자신을 정돈합니다. 낙엽을 만드는 것을 보면 알 것입니다. 반면 여름이 오면 나무들은 뒤돌아보지 않습니다. 제게 허락된 하늘을 향해 힘차게 자신의 잎과 가지를 뻗어나갑니다. 지금 숲에 드리운 푸르름의 힘찬 기운을 보면 알 것입니다. 우리 사람들이 나무들처럼 새로운 국면의 실체를 자각할 수만 있다면, 그 시간을 지혜롭게 보낼 수 있다고 생각합니다.

나는 숲으로 들어가겠다는 결심을 공표하던 날에 내가 겨울의 시간을 보내게 될 것이라고 선언하였던 기억이 있습니다. 그리고 나는 지금 그 겨울과 잘 지내고 있습니다. 그래서 조급하지 않을 수 있었고, 지쳐 쓰러지지 않을 수 있었습니다. 언젠가 다시 봄날의 시간으로 접어든다면, 그때도 나는 교만하지 않을 수 있을 것 같습니다. 입구전략이 있는 사람들은 좋거나 나쁜 국면의 상황에서 자신을 잃어 길을 잃는 일이 많지 않기 때문입니다. 요즘 그대는 삶의 어느 국면에 있는지 궁금합니다. 새롭게 열리는 길의 입구에 서 있다면, 그대가 품고 있는 삶의 전략이 무엇인지도 궁금합니다.

숲의 생명들은 모두 압니다.
언제 겨울이 오고, 언제 자신의 삶을 간결한 구조로 전환해야 하는지를

© 윤광준

바다가 안겨준 고민

참 덥지요? 올해는 산중에서도 정말 더운 여름을 보내고 있습니다. 아는 분이 보내주신 선풍기를 지난해에는 거의 사용하지 않았는데, 올 여름 한낮에는 선풍기 날개가 쉴 시간이 별로 없습니다. 무슨 복을 타고난 것인지 이 더운 복날에 나는 손님방 짓기를 마무리하고 있습니다. 목수들의 도움으로 지붕을 얹고 흙벽돌로 벽을 쌓았습니다. 이제 구들을 놓고 미장과 함께 부엌과 욕실, 창문 작업을 끝내면 새로운 집이 완성될 것입니다.

날이 더우면 확실히 식물보다는 동물이 더 힘듭니다. 햇살이 너무 뜨겁고 기온이 높으면 식물들은 광합성을 중단하고 쉬는 지혜를 키워왔습니다. 요즘 한낮에는 식물들의 잎이 휴식을 취하는 모습을 자주 보게 됩니다. 하지만 산과 바다는 안쓰러울 정도로 힘든 한낮을 보냅니다. 그늘로 찾아가 눕고 쉬어보지만 땀구멍이 부실한 개의 특성상 헐떡이는 호흡은 위태롭지 않나 싶을 만큼 빠릅니다. 임신 중인 바다는 더 힘겨워 보입니다. 한 여름에 만삭을 하고 지내는 여인의 고통을 지켜본 적이 있는데 개라고 특별히 더 나은 것은 없었습니다.

어젯밤 녀석들 밥을 챙겨주러 나왔습니다. 바다가 보이질 않았습니다. 밥 냄새만 나면 쪼르르 달려오던 바다가 코빼기도 뵈질 않았습니다. 이상한 일이었지만 아랫마을로 마실 갔나 보다 생각하고 밤을 보냈습니다. 새벽에 다시 나가보아도 산이 뿐이었습니다.
"산아, 바다 어디 있냐?"고 물었습니다. 신기하게도 산이 길을 안내합니다. 녀석의 걸음과 몸짓이 짓고 있는 별채로 나를 이끕니다. 현관 문틀 앞에 서서 방을 주시합니다.

놀랍게도 산이 껑충 뛰어오르더니, 벽돌을 쌓기 위해 합판으로 임시 바닥을 만들어놓은 구들방의 구석에 멈춰 섭니다. 산이 주시하는 자리의 합판을 조심스레 들어 올려 보니 거기 바다가 있었습니다. 지쳤지만 사슴처럼 맑은 눈으로 나를 바라보았습니다. 어미의 젖가슴에 눈을 감은 채 달라붙어 있는 새끼 몇 마리가 눈에 들어왔습니다. 아, 바다가 두 번째 출산을 한 것입니다. 바다를 위로하고 축하했습니다.

"고생했구나. 바다야."

하지만 이내 난감해집니다. 오늘은 벽 미장을 시작하기로 한 날인데, 또 며칠 뒤면 합판을 들어내고 구들을 놓아야 하는데, 어쩌지요. 사실 어제부터 바다는 새로 짓는 집의 아궁이를 통해 합판 밑을 탐색했었습니다. 지난해 가을 첫 출산에 썼던 목조 개집을 마다하고 바다는 이곳을 출산지로 작정하고 있었던 것입니다. 벌써부터 더운 날씨를 계산하고 있었던 모양입니다. 그래서 개집 대신 공사 중인 손님방 흙집의 시원함과 아궁이, 방고래로 연결되는 합판 아래 이곳의 안전함을 택해 새끼를 낳은 것입니다.

강아지가 눈을 뜨려면 보름은 걸릴 텐데, 그때까지 공사를 미룰 형편이 아니어서 실로 난감합니다. 뜨거운 여름에 출산하는 방법을 터득한 바다가 내게 큰 고민을 안겨주었습니다. 나는 아직 그 고민에 대한 해답을 찾지 못했습니다. 다만 바다를 통해 다시 한 번 생명이 지닌 자연성의 위대함에 경탄하고 있습니다. 월트 휘트먼은 "풀잎 하나가 별들의 운행에 못지 않다."라고 했습니다. 바다의 모성과 지혜 앞에서 휘트먼의 믿음에 나 역시 동의하게 됩니다. 그나저나 어쩌면 좋을까요.

바다와 함께 여우숲을 오릅니다.
신이는 아무래도 마을의 암캐들을 관리하러 내려간 모양입니다.

자갈밭 위에 피운 꽃

화무십일홍^{花無十日紅}이라는 말이 있습니다. 알다시피 꽃이 아무리 좋아도 열흘을 넘겨 피어 있기는 어렵다는 말입니다. 십 년을 넘기는 권세가 드물다는 권불십년^{權不十年}과 함께 인간의 허망한 욕망을 경계하는 말로 자주 쓰입니다. 허나 우리 인간의 언어와 다른 말을 쓰는 식물이 자기를 실현하는 방법은 그리 간단하지 않습니다. 꽃 한 송이의 붉은 빛이 열흘을 넘기지 못한다고 하지만, 그 한 종 전체의 개화 시기는 수개월에 이르는 식물이 대부분입니다. 나팔꽃과 비슷하지만 그 색을 훨씬 수줍게 피우는 메꽃도 그런 꽃입니다.

나팔꽃이 보라색 나팔 모양의 꽃을 초가을에 피울 때, 메꽃은 연분홍빛 나팔 모양의 꽃을 여름철에 피웁니다. 메꽃 한 송이야 금세 피고 지지만, 메꽃 전체로 보면 6월부터 8월까지 포기마다 그 시

갯메꽃이 피었습니다. 바닷가 돌밭을 서슴없이 선택하고도 저다운 꽃을 단정하게 피웠습니다.

간을 나누어 꽃을 피웁니다. 아랫마을 어귀 논둑에서는 6월에 한참 메꽃이 피어났지만, 나의 오두막에 이르는 길섶 밭둑에는 8월을 앞둔 지금도 메꽃 몇 송이가 수줍게 피어 있습니다.

메꽃은 이렇게 논밭둑에 잘 자라지만, 갯메꽃은 바닷가 자갈 위에서 바다를 보며 자라는 풀입니다. 갯메꽃은 어쩌다 바닷가를 삶의 터전으로 삼았을까요. 바다의 강한 바람도 견뎌야 하고, 유기물이라고는 한 톨도 없을 것 같은 바닷가 자갈더미의 척박함도 견디며 살아야 하는 그곳을 터전으로 삼게 된 이유는 무엇일까요. 그 사연까지 속속들이 알 수는 없지만, 아름다운 섬 청산도에서 갯메꽃에게 말을 걸다가 알게 있었습니다.

사막만큼 힘겨울 자갈밭 위에서 갯메꽃이 어떻게 제 꽃을 피우고 삶을 지속하는지, 그 비밀이 무엇인지는 꽃이 자라는 모양 속에 숨겨져 있습니다. 메꽃과 그 꽃 모양은 비슷하지만, 갯메꽃의 잎은 메꽃의 잎과 확연히 다릅니다. 메꽃은 좁다랗고 긴 잎을 가졌고 갯메꽃은 깔때기 모양의 오목한 잎을 가졌습니다. 나는 단박에 그것이 부족한 물을 모으기 위한 갯메꽃의 오랜 노력이었음을 알 수 있었습니다. 떨어지는 빗물을 깔때기로 모아 자신의 뿌리로 천천히 내려주기 위한 장치인 것입니다. 또한 기는 줄기를 만들어 자갈 틈에 바짝 붙어 기면서 자라고 있었습니다. 이는 잎이 모아 놓은 빗물을 네 줄기 내 줄기 가리지 않고 받아 쓸 수 있고, 키를 낮춘 기는 줄기는 바닷가의 거센 바람에도 꺾이지 않고 살 수 있는 장치로 쓰이고 있었습니다. 이러한 노력을 통해 갯메꽃은 바닷가 자갈밭 위에서 꽃을 피웁니다. 삶을 핍박하는 그곳의 제약을 완벽하게 이겨 낸 식물입니다.

혹시 그대 삶도 자갈밭 위에 놓였다 여긴 적이 있는지요. 그렇다면 오늘은 갯메꽃의 질박한 삶을 스승으로 삼아 가르침을 얻어 보기 바랍니다. 자갈밭 위에 피운 꽃의 위대한 분투에서 용기와 희망을 만나기 바랍니다.

개 같은 부모 되기

시절은 무덥지만 이 무더위가 제 시절인 생명도 많습니다. 이 숲만 놓고 보면 개망초는 무더위 속에서 한 물 갔습니다. 하지만 코발트빛 닭의장풀과 주황빛 참나리, 또는 담홍색 누리장나무꽃이나 우유빛깔 사위질빵꽃 등은 무더운 지금이 물 만난 고기처럼 제 시절입니다. 이 무더위 조만간 물러나면 물봉선이나 칡꽃이 이 숲 속에서 제 빛과 향기를 마음껏 피울 것입니다. 숲에 살아 보면 어느 생명이건 제 시절이 따로 있음을 알게 됩니다.

이 무더위를 제 시절로 사는 생명이야 지금이 좋다지만, 삼복더위에 강아지를 낳아 한참 육아 중인 바다의 고통은 이만 저만이 아닙니다. 바다는 남편 산이를 꼭 빼 닮은 흰색 강아지 두 마리를 달랑 낳았습니다. 지난 편지에 고해 드렸듯이 바다는 짓고 있는 손님방의 구들 놓을 자리에 터를 잡았습니다. 멀쩡한 집을 버려두고 건축 중인 흙집의 흙바닥에다 새끼를 낳은 까닭은 아마 더위를 피하기 위해서였을 것입니다.

바다에게 미안했지만, 손님방 건축을 마무리해야 하는 입장인 나는 하는 수 없이 눈도 뜨지 못한 강아지 두 마리를 개집으로 정성스레 옮겨주었습니다. 잠시 바다를 묶어두고 깨끗한 수건에 강아지 두 마리를 감싼 뒤 개집으로 옮겼습니다. 목줄을 풀어주자 바다는 개집으로 쏜살같이 달려가서 새끼들의 몸에 코를 대고 킁킁 냄새를 맡기 시작했습니다. 다음으로 집 주변을 샅샅이 조사하더군요. 혹시 아기들에게 해가 될 요소가 개집 주변의 풀 섶에 있지 않을까 아주 면밀하게 조사하는 눈치였습니다. 이후 바다는 한 이틀을 그곳에서 잘 지내고 있었습니다.

그 사이 나는 손님방에 구들을 놓았습니다. 새벽부터 형님과 동네 목수들이 모여 함께 작업을 시작하였는데, 이상한 일이 벌어져 있었습니다. 불을 때고 열기를 응축해 구들 속의 고래로 그 열기를 전달하기 위한 자리인 함실아궁이 속에 바다가 새끼들과 함께 누워있었습니다. 녀석들을 데리고 다시 이 흙집의 흙바닥으로 회귀한 것이었습니다. 아무래도 개집에서 폭염을 견디며 새끼들을 기르는 것이 마땅하지 않다고 판단한 모양이었습니다.

그들이 함실에 있다고 해서 구들 놓는 일에 큰 지장이 있는 것은 아닌지라 그대로 구들장을 덮어 나갔습니다. 바다는 밥 먹는 때 빼고는 그 자리를 사수했습니다. 오히려 마치 그곳 함실이 자신을 위해 만들어준 웰빙 개집이라고 여기는 듯 편안해 보였습니다. 문제는 다시 한 나절 만에 불거졌습니다. 구들장을 다 놓은 뒤 불을 지펴 보아야 했기 때문입니다. 첫 불을 때는 이유는 구들이 제대로 설계되고 마무리되었는지, 구들장 틈새로 연기가 새어 나오는 곳은 없는지를 살펴 보강을 해야 하기 때문입니다. 하는 수 없이 다시 강아지를 개집으로 옮겨놓고, 불을 지폈습니다.

불은 활활 잘 탔습니다. 굴뚝 자리로 연기도 잘 흘러 나왔습니다. 그런데 이때 바다가 아궁이 쪽으로 되돌아 왔습니다. 깽깽대는 강아지를 입에 물고 있었습니다. 바다는 불타는 아궁이 앞에서 안절부절 어쩌지 못하며 방황하고 있었습니다. 어미는 이 아궁이가 새끼들을 양육하기에 더 없이 좋은 곳이라 생각하는 듯했습니다. 하지만 방법이 없었습니다. 바다에게 방 안에 데려다 놓으라고 하자 강아지를 문 채 욕실과 주방, 그리고 방 사이를 오가며 자리를 찾았습니다. 그러나 어디도 마땅하지 않은지 아궁이에서 조금 떨어진 구석 자리에 새끼를 내려놓고 새끼의 몸을 혀로 핥기 시작했습니다. 잠시 뒤 남은 한 마리의 새끼도 데려다가 핥아주고 있었습니다. 그곳은 큰 돌멩이와 흙이 섞여 있어 불편해 보였지만, 녀석은 집을 버리고 그곳을 선택하였습니다.

오른쪽부터 '산', '바다', 그리고 그들의 자식 '바람소리'.

스티로폼을 깔아주었지만, 바다는 그냥 흙바닥을 고수했습니다.

"나도 모르겠다. 알아서 키워라, 바다야."

그렇게 하루가 지난 오늘 아침, 밖으로 나오자 바다가 달려왔습니다. 바다보다 새끼들이 궁금해 어제 그 자리에 가보았습니다. 그런데 그곳엔 새끼들이 없었습니다. 다시 사방을 찾아보았지만 아무데도 없었습니다. 덜컥 걱정이 되었습니다. 바다에게 새끼들 어디 있냐 여러 번 물었습니다. 바다는 본관 백오산방 가장 낮은 마루 밑으로 시선을 주었습니다. 그곳 흙바닥에 산이를 닮은 새끼 두 마리가 귀여운 모습으로 잠들어 있었습니다. 가슴을 쓸어내리며 바다의 밥을 챙겨 주었습니다.

바다는 집 짓느라 복잡해진 이곳에서 고집스럽게도 최적의 자리를 찾으려 애썼습니다. 벌써 보름 가깝게 무더위와 해충, 설치류들로부터 새끼들의 안전과 위생을 확보하고자 애써왔습니다. 그 동안 실로 눈물겨운 모성을 보았습니다. 문득 어머니가 보고 싶고, 잠시 서울에 올라가 있는 딸 녀석이 그리워졌습니다. 나의 어미도 저 개의 마음 이상으로 나를 키우셨을 텐데, 나는 저 바다 같은 부모 되기를 하고는 있는 것인지 잘 모르겠습니다.

원칙 있는 삶

올해는 이 숲에도 무더위로 열대야가 생기더니 이제는 국지성 호우가 밤잠을 깨우는 날이 많습니다. 요 며칠 새벽마다 퍼붓는 빗소리에 자주 잠을 깼습니다. 이른 아침에 나가서 주변을 살펴보면 산방으로 닿는 길 여러 곳이 돌 뿌리를 드러낼 만큼 거칠게 파여 나간 것을 목격하게 됩니다. 어젯밤도 거센 빗물이 이곳으로 닿는 길을 뒤흔들어 놓았습니다. 저만큼 막대한 상흔을 남긴 물이 이 숲 골짜기를 떠났으니 틀림없이 마을을 휘도는 달천의 물 역시 세차게 흐를 것입니다.

오늘 그 물 위를 가로지르는 송동다리를 건너보았습니다. 역시 물의 양이 많습니다. 다리 아래로 흐르는 달천 바닥에 서식하는 달 뿌리풀들은 너나없이 큰물의 흐름에 제 몸을 뉘고 있었습니다. 마치 개울바닥에 입 맞추듯 일제히 물이 흐르는 방향을 향해 엎드려 있었습니다. 놀라운 모습입니다. 저 자리에 집이 있거나 산에 사는 나무가 있었다면 분명히 휩쓸려 떠내려갔을 것인데, 한 길 높이도 되지 않는 가녀린 저 풀들은 여전히 개천을 지키고 있었습니다. 높은 수위가 잦아드는 날이 찾아오면 저들은 다시 몸을 세울 것이 틀림없습니다. 이제 곧 가을이 시작될 테고, 그 가을이 깊어지면 저들의 꽃이 은빛 물결로 넘실댈 것입니다.

저들은 어떻게 시멘트 덩어리의 가옥이나 큰 나무도 넘어뜨리는 큰 물줄기에 맞서 자신의 삶을 지키고 제 꽃을 피울 수 있을까요. 나는 그 해답을 저들이 물이라는 고난을 맞아 돌파하는 전략 속에서 찾아봅니다. 그 전략의 핵심을 나는 원칙을 지키는 삶이라 부르고 싶습니다. 달뿌리풀이 세운 삶의 원칙 하나는 기는 뿌리로 개천의 돌과 이웃 달뿌리풀을 부둥켜안으며 살아간다는 것입니다. 수천, 수만 포기의 달뿌리풀들이 서로를 껴안고 강바닥을 품으며 살아가면 어느 여름날 꼭 닥쳐오고야 마는 세찬 물줄기의 흐름과도 맞설 수 있는 것입니다.

다른 원칙 하나는 자신의 줄기 속을 비우고 뿌리 근처의 첫 마디에 유연성을 갖추며 사는 것입니다. 물의 저항을 감당할 수 없을 때는 일제히 그 마디를 눕혀 물이 자신을 타고 넘게 합니다. 하지만 바람에게는 자신을 내어주지 않습니다. 거센 바람이 불 때는 비어 있는 속 줄기의 유연성과 빼곡히 연대하여 자라는 방식으로 넘어지지 않고 바람을 이기는 것입니다. 저들은 반드시 바람을 이기고 서 있어야 합니다. 왜냐하면 거센 바람을 이용해서 자신의 씨앗을 멀리 날려 보내야 하기 때문입니다. 물은 피하고 바람엔 맞서는 것이 저들 삶의 원칙입니다. 물에는 유연하고 바람에는 강직할 수 있을 때 제 꿈을 이룰 수 있기 때문입니다.

큰물을 맞아 지금 저들이 겪는 고난처럼, 우리에게도 불어나 세차게 흐르는 물이 우리의 삶을 위협하는 날이 있습니다. 하지만 모든 것은 흘러갑니다. 매미의 울음소리를 비롯해 밤의 고요를 흔드는 풀벌레 소리가 더 없이 선명해진다는 것은 이미 가을이 여름을 대신하기 시작했다는 증거입니다. 개천의 물 역시 곧 줄어들 것입니다. 뿌리를 지킨 달뿌리풀도 머지않아 개천 바닥을 제 꽃으로 가득 채울 것입니다. 무엇엔가는 유연하고 다른 무엇엔가는 강직할 수 있는 원칙을 잃지 않는다면, 우리의 삶 역시 그러할 것임을 나는 압니다.

어래울 산책 길 위에서 동북쪽을 바라보는 전경
왼쪽 아랫부분에 백오산방이 보입니다

침묵

함께 사는 개, 산과 바다와 더불어 지낸 지 일 년 반이 넘었습니다. 처음 몇 달간 녀석들은 참 정신없는 놈들이었습니다. 툭하면 멀쩡한 신발을 물어뜯어 신발 몇 개를 못 쓰게 만들어놓았고, 비싸게 마련해놓은 거실 방충망을 홀랑 뜯어놓기도 했습니다. 멀리 산 아래로부터 손님이 올라오면 아주 요란스레 짖는 개 본연의 모습은 필수였습니다.

하지만 요즘 두 녀석은 별로 말썽을 부리는 일이 없습니다. 손님이 와도 집 가까이 와야 비로소 짖고, 방문 손님도 주인의 기호를 구별하여 반기거나 경계하는 경지에 이르렀습니다. 표정도 많이 변했습니다. 어릴 때는 귀여움을 받아보겠다는 심정으로 늘 지나칠 만큼 애교와 아양을 떨었는데, 요즘은 오히려 멀뚱히 주인을 주시하는 시간이 많습니다. 마치 무심한 스님처럼 먼 곳의 풍경을 주시

산과 바다, 녀석들은 종종 내게 입을 맞추려 합니다.

하거나 바람과 소리의 흐름을 물끄러미 바라보는 시간이 많아졌습니다.

무심해져 가는 그들 모습은 마치 아이가 성장하며 부모의 품으로부터 벗어나고 이윽고 자신의 세계를 찾아가는 과정과도 닮았습니다. 처음엔 조금 섭섭하더니 요즘은 오히려 대견하고 신비로운 느낌입니다. 나는 가끔 농담처럼 "이제 그 정도 밥을 얻어먹었으면 마당의 풀도 좀 뜯고, 아비 일할 때 필요한 연장도 척척 알아서 가져오기도 해봐라, 이놈들아!" 말하곤 합니다. 두 녀석이 아직 그 경지에 이르지는 못했지만 내가 무엇을 말하는지 곰곰이 곱씹고 있음을 느끼게 됩니다.

확실히 녀석들은 성장했습니다. 나는 녀석들의 성장이 침묵과 함께 이루어졌다는 것을 잘 압니다. 모든 생명은 제 몸집을 키우는 과정에서는 요란하거나 현란함을 앞세웁니다. 여름 숲에 서서 고요히 숲 생명들의 소리에 귀 기울여본 이들이라면 그들의 생장 욕망이 요란스레 부딪히는 것을 들었을 것입니다. 하지만 가을 숲에 서서 자주 침묵해본 사람들이라면, 아니 스스로 침묵하여 그 고요함의 소리를 받아들여본 사람이라면, 성장이 바로 그 시절에 이루어지고 있다는 것도 느꼈을 것입니다.

숲에서의 침묵은 자주 명상으로 이어집니다. 침묵하여 답답하거나, 침묵하여 고립과 단절로 빠져드는 법이 없습니다. 오히려 침묵함으로써 더 많은 생명의 소리를 듣게 되고, 오히려 침묵함으로써 나의 허위를 잘라내게 됩니다. 참된 침묵은 내가 뒤집어쓴 거짓을 잘라내는 과정입니다. 나의 거짓을 거둘 때 타자의 거짓도 볼 수 있게 됩니다. 이렇듯 대부분의 생명은 내 순수한 영혼을 두텁게 감싸고 있는 거짓된 요란과 현란을 걷어냄으로써 성장에 이릅니다.

강아지가 침묵을 통해 성견이 되듯, 뱀이 허물을 벗어 새로운 시간을 만나듯, 나무가 낙엽을 만들어 나이테 한 켜를 완성하고 새롭게 시작하듯, 화려한 꽃들이 그 넘치는 에너지를 거두어 씨앗으로 여물듯, 거두어들이는 침묵의 시간을 통해 모두가 성장합니다. 그러고 보니 깊은 침묵 속에 젖어본 지 꽤 되었습니다.

개척자에게 요구되는 것

　　　　자기다운 삶을 산다는 것은 어떤 삶을 산다는 것일까요. 도대체 어떻게 살면 자기다운 삶이라 말할 수 있을까요. 한때 많은 사람들이 경제적 자유를 확보할 만큼 부자가 되는 것, 또는 자신이 희망하는 사회적 지위를 얻는 것을 그 삶에 다르지 않다고 믿어왔습니다. 그러한 성취와 성공을 통해 원하는 삶을 얻을 수 있을 것이라는 착각에 빠졌던 것이지요. 사회적으로 부자열풍, 성공열풍의 시대상이 만연했던 때가 그리 오래되지 않았습니다. 그리고 많은 사람들이 그 허구성을 자각하게 되었습니다.

　　최근에는 자신이 원하고 잘할 수 있는 영역을 찾아 그 속에서 즐거움을 누리며 사는 것이 자기다운 삶이라는 논의가 활발했고, 또한 그렇게 수렴하는 듯합니다. 숲의 언어로 표현하면 그것은 마치 나무나 풀이 자기만의 하늘을 여는 것, 그리고 저다운 때에 맞추어 저다운 꽃을 피우는 것이라고 비유하며 나 역시 동의하고 있습니다. 그리고 나는 이 숲에서 그러한 삶, 나의 생겨먹은 꼴을 찾아 살아가고 있습니다.

하지만 새롭게 합의되고 있는 자기다운 삶의 새로운 개념을 따르려는 많은 사람들은 다시 근본적 질문을 마주하게 됩니다. 어떻게 하면 나다움을 찾지? 내가 잘할 수 있는 것은 무엇이지? 두려움이 많은 대부분의 사람들은 그저 긴 시간 자기에 대한 공부와 세상 연구에 대부분의 시간을 쓰며 늙어갑니다. 어느 튼튼할 것 같은 우산 아래에서 비를 피하는 쪽을 선택하면서.

하지만 용기 있는 사람들은 자기에 대한 분석과 성찰, 또는 그 어떤 몸부림을 통해 그 대답을 듣기도 합니다. 그들은 결국 분석과 연구의 시간을 접고 구불구불한 길 위에 서야만 자기다워질 수 있다는 것을 알게 됩니다. 때로 넘어져보고 기어보고 달음박질치다가 엎어지고 또 일어서면서 제 꼴을 찾게 된다는 것을 몸으로 깨닫게 됩니다. 그러므로 자기다운 삶을 사는 이들은 제 삶의 역사를 온몸으로 써나가는, 살아 펄떡대는 삶의 주인공이 됩니다. 그렇게 모두가 개척자가 됩니다. 개척자의 삶은 고단하고 위험합니다. 왜냐하면 개척자에게 요구되는 것이 그만큼 많기 때문입니다.

이른 봄 나는 수백 주의 감나무와 네 그루의 은행나무를 심었습니다. 나무들은 나를 만나는 순간 보살핌의 시대에 종언을 고한 운명들이었습니다. "나는 너희들을 보살피지 않을 것이다. 그러니 부지런히 네 힘으로 네 하늘을 열거라." 나무를 심으며 그들에게 내가 들려준 이야기입니다. 감나무들은 지금 무수한 풀들에게 둘러싸여 힘겨움을 감당하고 있습니다. 네 그루의 은행나무 중 두 그루는 칡덩굴에 휘감겨 삶의 기반조차 위협받고 있습니다. 새로운 땅으로 옮겨온 그들의 삶이 처음부터 순탄할 수 없는 것은 당연한 일입니다.

나무들의 처지와 다르지 않은 나는 늘 나무들에게 배웁니다. 개척자에게 요구되는 많은 것들 중 무엇이 가장 중요한지, 그리고 그것이 무엇인지 아시나요? 큰 키의 풀들에게 휩싸인 감나무들은 그늘에 가려진 묵은 가지를 살리려 애쓰는 노력보다 하늘을 놓치지 않을 새로운 가지를 뽑아내는 일에 최선을 다합니다. 너른 잎을 내고 광합성의 근거지를 확보하려 기를 쓰지요. 칡덩굴에 휩싸인 은행나무 역시 다르지 않습니다. 어느 가지건 햇빛을 놓치지만 않는다면 지면에 가까운 풀보다 지면으로부터 먼 나무에게 유리한 햇볕이 내리쬐는 내년 봄이 돌아올 것이라는 점을 본능처럼 알고 있는 것입니다. 개척자에게 가장 중요한 것은 바로 자신의 어려운 처지가 영원하지 않을 것임을 믿는 것이요, 자기 하늘을 열기 위한 무기를 개발하는 노력을 멈추지 않는 것임을 웅변하고 있는 것입니다. 오늘은 개척자가 되려는 모든 이들에게 이 숲, 그 나무들의 험난하지만 씩씩한 모습을 보여주고 싶습니다.

곡선의 힘

손님방 짓기의 내부마감을 끝내고 모처럼 벌통을 살폈습니다. 근 석 달 만에 주는 손길입니다. 바쁘고 게으른 농부 탓에 벌통은 이미 좁아터진 지 오래되었습니다. 덕분에 많아진 벌들은 그 무더운 여름날을 벌통 밖의 벽에 붙어 보내고 있었습니다. 이미 벌통 속에 벌집을 가득 지었고, 꿀도 가득 박아두었지만 농부가 계상이라고 부르는 여분의 빈 집을 끼워주지 않으니 하는 수 없이 좁아진 집 밖의 벽에 붙어서 여름을 나야 했던 것입니다. 안타까워하면서도 집 짓는 일에 정신이 팔려 그들의 곤란을 도와주지 못하고 있었습니다. 이 숲 도처에 결실의 시절이 임박한 것도 사실이지만, 9월의 숲 입구는 여전히 밀림입니다. 한 해 동안 마음껏 자란 풀들이 아직은 푸른 잎을 지키며 그 무성한 몸체를 받들고 있습니다. 집 가까운 곳에 놓은 벌통은 더러 그 입구의 풀을 뽑아 주어 벌들이 들락거리기에 불편함이 없었지만, 감나무 밭 한가운데 놓은 벌통과 버드나무 아래의 벌통들은 무성해진 풀에 파묻혀 육안으로 그 위치를 확인할 수 없을 정도가 되어 있었습니다. 벌통을 휘감은 풀과 덤불을 낫으로 걷어내고 한 통 한 통마다 두 칸의 계상을 얹었습니다.

벌들에게 너무 미안했습니다. 내 집은 열심히도 지어갔으면서 수만 마리 고마운 생명들의 거처는 방치해둔 게으름에 부끄러워졌습니다. 무성한 풀 섶을 낫으로 치우면서 과연 벌들이 떠나지 않고 남아 있을까 마음을 졸여야 했습니다. 그러잖아도 토종벌의 붕괴 현상이 이웃 마을에까지 밀어닥쳤다는 이야기를 들었는데, 이렇게 풀과 가시덤불 속에 버려진 나의 벌들이 남아 있기나 할까 걱정했었습니다. 숨고 싶을 만큼 부끄럽고 미안했습니다.

계상은 벌들이 집을 지을 수 있도록 만든 사각 기둥 모양의 빈 통입니다. 위와 아래가 뚫려 있어서 맨 아래 받침대 위에 넣어주면 벌들이 위부터 집을 이어 짓는 공간입니다. 1개의 봉군은 많게는 8개의 계상에 집을 짓고 거주하면서 꿀을 박습니다. 계상을 넣기 위해 집 근처의 벌통을 들어 올렸을 때 어떤 벌통은 대단히 묵직했고, 다른 어떤 벌통은 상대적으로 가벼웠습니다. 묵직한 벌통은 꿀이 많이 박혀 있는 것이고, 가벼운 벌통은 그렇지 못한 것이었습니다. 그런데 이상한 것은 집 근처의 주변이 잘 정돈된 벌통들보다 풀더미 속에 버려진(?) 벌통들이 더 묵직하다는 것이었습니다. 또한 습한 기후 조건에서 잘 발생하는 벌 기생 유충들의 개체 수도 풀 더미 속의 벌통들이 더 적다는 점이었습니다. 예외 없이 그랬습니다.

언젠가 벌통 주변에서 자라는 풀이 말벌의 습격으로부터 꿀벌의 거처를 안전하게 지켜주는 역할을 한다는 이야기를 들은 적은 있었습니다. 하지만 밀림처럼 우거진 풀 더미 속에 사는 꿀벌들이 더 강성하다는 이야기는 들어본 적이 없었습니다. 상식적으로 걸릴 것 없이 휙휙 날아다닐 수 있는 벌들이 더 많이 일할 수 있습니다. 풀 더미를 요리조리 비켜가며 들락거려야 하는 벌들은 그만큼 동선도 길고 에너지 소모도 많을 것입니다. 그런데도 같은 시기에 살림을 꾸린 벌들 중에 우거진 풀 속에 자리한 녀석들이 더 건강하고 많은 꿀을 모아두었다는 점이 선뜻 이해가 되지 않습니다.

하지만 자연을 벗 삼게 되면서부터 나는 곡선과 순환과 관계의 힘으로 수억 년 동안 번영해온 숲의 원리를 이해하게 되었습니다. 수많은 생명들의 삶은 오로지 빠르고 곧게 뻗은 직선의 길을 통해서만 번영해온 것이 아닙니다. 벌의 생존과 번영을 훼방할 것 같은 풀 더미와 가시덤불이 만들어낸 곡선 속에는 말벌 같은 외적의 침입을 억제하고, 미세하게 습도를 조절해주는 역할이 함께 있는 것입니다. 우리가 빠른 길, 직선의 길만을 길이라 부르지 말아야 하는 이유가 바로 여기에 있습니다.

© 윤광준

자자산방 自玆山房

청명해야 마땅한 절기이거늘 요즘 볕 만나기가 밤하늘 반 딧불 보기만큼 힘듭니다. 비가 얼마나 잦고 심하게 퍼붓는지 산방 으로 올라오는 길 여러 곳이 파여 나가 보통 차로는 왕래가 어려운 정도입니다. 햇볕 한 줌 들 때마다 빨래를 해서 널어보지만 널었던 빨래를 네 번이나 걷고 다시 하고 또 널기를 반복했습니다.

비가 잦으니 산중의 일상도 늘어지기 쉽습니다. 삶이 처져서 이 렇게는 안 되겠다 싶은 날, 습관처럼 즐기는 기괴한 행동이 하나 있 습니다. 홀딱 벗습니다. 실오라기 하나 걸치지 않고 마당으로 나섭 니다. 볕 좋은 날엔 샤워를 마친 뒤 수건 한 장 들고 데크 위에 서 서 몸의 물기를 닦으며 젖은 머리를 텁니다. 부는 바람의 자유로움 을 몸의 잔털들이 그대로 받아들입니다. 그렇게 벌거벗은 채로 의 자에 앉아 책 몇 장 읽다가 들어오기도 하고 음악에 맞춰 몸을 맡

겼다가 들어오기도 합니다. 폭우 대단하던 사나흘 전에는 다 벗은 채로 퍼붓는 빗속을 서성이다 들어왔습니다.

그대는 혹 맨몸으로 자연 위에 서 있는 느낌이 어떤 것인지 아는지요. 처음의 경계심을 넘고 찾아오는 그 자유의 극치를 느껴본 적이 있는지요. 바람이면 바람대로, 햇살이면 햇살대로, 퍼붓는 비면 그 비 그대로, 몸의 감각은 무방비함의 즐거움에 젖습니다. 무엇보다 자유롭습니다. 모든 억압이 몸으로부터 떨어져나가면서 구석구석 세포들이 열리는 느낌입니다. 1만여 년 전의 인간 유전자가 그러했듯, 우리의 몸과 마음이 본래 이렇게 자유롭고 거침없었다는 것을 느끼게 됩니다. 우리가 그렇게 숲을 뛰노는 짐승들의 주파수대역과 같은 대역에 있는 존재임을 알게 됩니다. 산방 생활도 어느덧 3년이 다 되었습니다. 누구나 원하지만 아무나 할 수 없는 '내키는 대로 살아가기'의 삶 속에서 가장 좋은 순간 중의 한 장면이 바로 위의 장면입니다.

나는 최근 이 자유로움의 행복과 충만함을 그대와 나누기 위한 공간 하나를 마련했습니다. 말 그대로 삶의 길 위에 함께 서 있는 벗들을 위한 방입니다. 마을의 총각 목수들이 깎은 기둥과 보로 구조를 만들었고, 이곳의 흙을 써서 손으로 찍고 말린 흙벽돌로 벽체를 만들었습니다. 이 방 역시 창이 좋습니다. 너른 군자산을 그대로 품어 방으로 들이고 서산으로 향하는 햇살을 길게 머물게 할

© 윤광준

작은 창도 마련해 두었습니다. 아담한 욕실도 하나 두었습니다. 나는 특히 나무를 지펴 방을 데울 아궁이 공간과 어우러지게 놓은 툇마루를 좋아합니다. 그 툇마루에 눕거나 앉아 책을 읽어도 좋고, 막걸리 한 사발과 함께 빈대떡을 뜯어도 정말 좋습니다. 장대비가 내리는 날에는 그 툇마루 위에서 사랑을 속삭여도 참 좋을 것 같습니다.

나는 이 방을 자자산방이라 부르기로 했습니다. 내 오두막 전체의 일부이므로 그냥 백오산방의 사랑채로 부를 수도 있으나, 특별한 이름을 두고 싶었습니다. 자자自恣는 '자기 마음대로 함' 혹은 '승려들이 하안거를 마치며 자신이 지은 죄를 다른 승려들 앞에서 고백하고 참회하는 행사'를 뜻하는 말입니다. 나는 그대를 이 방으로 초대하고 싶습니다. 이 방에 머물며 나처럼 마음대로 살아보는 시간을 가져보라 권하고 싶기 때문입니다. 스스로 자유로워지고 스스로 고백하며 자신을 돌아보는 시간을 가져 그대 걷고 싶은 길 위에 당당하게 설 힘을 얻기를 원하기 때문입니다. 자자산방이 늘어지고 지친 삶을 추스르는 공간이면 좋겠고, 그대 품은 이야기 글이나 그림으로 풀어내는 작업을 하는 공간이어도 좋겠다는 생각을 했습니다.

자자산방에 오면 스스로 살아야 할 것입니다. 추운 계절에는 직접 불을 지펴야 할 테고, 손수 채소를 뜯고 음식을 하고, 스스로 정리를 하며 지내야 할 것입니다. 그대 오시는 날, 나는 다만 그대의 자자를 돕는 투명 인간으로 머물고 싶습니다.

부러진 날개를 치유합니다

백오산방 마당에 매실나무 두 그루가 심겨 있습니다. 지난해와 올 봄 그 나무들은 부실하게 꽃을 피웠습니다. 이 두 그루의 나무는 백오산방 입주를 기념하며 심은 나무들 중 하나입니다. 기념으로 나무를 심을 때는 거의 대부분 전정을 해야 합니다. 기념식수는 항상 어딘가로부터 나무를 옮겨와 새로운 곳에 심는 것이기 때문입니다. 나무를 이식할 때는 통상 원래의 뿌리 중에 일부를 잘라내어 분을 뜨게 됩니다. 이식 때 하는 전정은 나무가 본래 지녔던 뿌리를 잃었으니 그것에 맞추어 지상부의 가지를 잘라줌으로써 균형을 맞춰주는 것이지요. 그렇게 할 때 나무는 보다 빨리 지상부와 지하부의 균형을 찾게 됩니다.

산방 마당의 매실나무 역시 이식 전정을 했습니다. 그렇게 많은 것을 잃은 채 첫 겨울을 난 매실나무는 이듬해 봄에 자신의 매화

를 엉성하게 피웠습니다. 여름이 가고 다시 가을이 찾아왔을 때 나는 또 그 매실나무의 가지를 강하게 전정했습니다. 뿌리가 더 깊고 넓게 뻗어 나가기를 바랐기 때문입니다. 해가 바뀐 올 봄, 매실나무는 역시 부실한 매화를 피웠습니다. 첫 해에 두 개의 매실을 얻었고, 올 봄 네 개의 매실을 얻었습니다. 두 해 동안 나무는 억압 속에 있었던 셈입니다. 그래서 꽃과 열매도 적었습니다. 하지만 두 그루의 나무가 이번 여름을 나는 모습은 놀라웠습니다. 새롭게 뽑아 올리는 가지가 얼마나 힘차고 강한지 마루를 온통 가리고 말 기세입니다. 저들이 마음껏 제 하늘을 열어가는 모습이 너무도 또렷한 형세입니다. 나무가 기쁨으로 가득한 한 해를 보내는 모습입니다.

수형을 잡고 장기적으로 생산성을 높이기 위해서는 새롭게 뽑아 올린 저 가지들을 또 다시 잘라주는 것이 좋습니다. 하지만 나는 그렇게 하지 않을 작정입니다. 왜냐하면 인간의 조급한 마음에 부합하지 않을 뿐이지, 나무는 스스로 균형을 찾아 저답게 꽃피우고 저다운 열매를 맺을 줄 알기 때문입니다. 나는 사람도 비슷한 면을 지니고 있다고 생각합니다. 스스로를 억압했던 것으로부터 벗어날 수만 있다면 사람 역시 마음껏 제 가지를 뽑아 올려 드디어 제 꼴을 향한 삶의 질주를 제 속도로 할 수 있기 때문입니다.

스스로를 억압하는 면이 있는지를 어떻게 알 수 있을까요? 나는 그것을 지극히 원초적인 방법으로 알아냈습니다. 내게 그것은 '희로애락喜怒哀樂의 균형 추'를 살피는 것이었습니다. '이것을 살핀다는 것은 내가 '희로애락'의 네 가지 감정선 중에서 어느 측면에 더 민감하게 반응하고 있는가를 헤아려 보는 것입니다. 예전의 나는 분노와 슬픔에 민감했습니다. 상대적으로 기쁨과 즐거움에 대한 표현은 늘 부러진 날개처럼 꺾여 있어 부실했습니다. 운전 중에 나오는 댄스음악을 들으면 온 몸을 들썩이는 나의 딸 녀석이 가진 그 즐거움을 누리는 감정선이 내게 있어서는 끊겨 있었습니다. 반가운 이를 보고도 기쁨을 드러내는 모습을 사용하지 못하는 편이었습니다.

매화나무가 한껏 자라는 모습을 보는 요즘, 나는 이런 생각을 합니다. 일상의 대부분이 평정의 상태이면 부처일까? 그 고요한 충만이 삶의 대부분을 채워야 이 삶이 행복할까? 아니면 평정에 발 딛고 서서 기쁨과 분노와 슬픔과 즐거움을 시시각각 나답게 드러내며 사는 것이 더 행복할까? 나의 어느 결정적 시기를 억압으로 지배했던 과거와 만나 화해하고 나서, 나는 부러진 날개를 상당 부분 치유할 수 있었습니다. 이제는 감정의 네 가지 축으로 드러나는 희로애락의 균형 추를 비교적 조화롭게 매만지며 살고 있습니다. 그대는 어떤지요. 희로애락에 대한 반응에서 어떤 부분이 자유롭고 어떤 영역이 부자유한지요. 그 근원이 어디에 있는지요. 혹시 어느 한 쪽 부러진 날개를 접고 비대칭의 여행을 계속하고 있지는 않은지요. 그러다가 평생 그렇게 늙고 시들어가는 것은 아닐지요.

성장의 궁극

열세 살 된 딸아이가 이제 사춘기를 맞았습니다. 녀석에게 주어진 인생의 시간 전체에서 봄의 시간이 찾아든 것입니다. 키도 훌쩍 컸고 몸매도 어린아이의 티를 벗어나기 시작했습니다. 얼굴에는 작은 여드름이 몇 개 송송 박혀 있습니다. 추석을 쇠고 녀석을 데려와 자자산방에 머물게 했습니다. 갑자기 쌀쌀해진 날씨여서 아궁이에 불을 지펴 구들을 데웠습니다.

자자산방의 아궁이 공사를 마무리하면서 나는 딸아이를 떠올렸습니다. 함께 아궁이 불가에 앉아 고구마와 감자, 밤을 구워먹는 상상을 하면서 녀석이 걸터앉기 좋을 자리를 만들어 두었습니다. 오늘 딸아이를 위해 숯불에 고구마와 감자를 구워주었습니다. 입가에 검정을 묻혀가며 고구마와 감자를 먹는 녀석의 모습을 보면서 괜히 마음이 좋습니다. 녀석이 아비의 삶에 대해 어떻게 여기건

'아, 이렇게 살기를 잘했다' 생각하는 시간이었습니다.

　사실 딸아이는 제 엄마의 관점에서 아비를 보는 일에 익숙해져 있습니다. 아비보다 어미와 보내온 시간이 훨씬 길고, 일반적으로 나이가 들수록 모녀간의 소통이 부녀간의 그것보다 더 내밀하기 때문일 것입니다. 간혹 툭툭 던지는 말에서 나는 녀석이 제 아비의 삶에 대해 어느 정도 불만이 있다는 것을 느낍니다. 물론 또래 아이들보다 훨씬 어른스러운 구석이 있지만, 그래도 녀석의 말 속에서는 더 넉넉하고 더 화려한 삶을 사는 아비였으면 하는 아쉬움이 슬쩍슬쩍 묻어나곤 합니다. 하긴 세상과 학교로부터 보고 듣고 배우는 세계관이 그런 쪽으로 경도되어 있는 시대이니 녀석에게 그런 구석이 없다면 그 역시 이상한 일이겠지요.

　나는 자식이 아비의 입장에서 세상을 보는 것을 경계합니다. 아비의 한계가 자식의 한계로 이어지지 않기를 바라기 때문입니다. 그 마음으로 딸아이를 대합니다. 나는 그렇게 세속화된 세상에 대한 경계심이 짙은 놈이지만, 딸에게마저 아비를 닮은 그 경계심을 가져야 한다는 힌트나 귀띔, 혹은 생각을 주지 않으려 노력하고 있습니다. 따라서 일반적인 아빠들의 삶과 다른 삶을 살고 있는 아비의 실존을 해명하거나 정당화하려 하지 않습니다. 다만 아비의 삶을 보여주려 할 뿐입니다. 이렇게 사는 것도 삶의 한 방식이고, 아비에게는 이런 삶을 통해 모색하는 어떤 방향성이 있으며, 그것으로 삶이 기쁘기도 하고 고되기도 하다는 것을 가감 없이 보여줄 뿐입니다. 어느 순간, 그것이 아비의 선택이었고 아비의 인생이었구나 생각할 수 있게 해주고 싶을 뿐입니다.

일상의 편리를 구하고 경쟁력 있는 학교 공부를 위해서는 도시가 좋고, 확실히 서울이 좋습니다. 어쩌면 오늘날 세상이 인정해주는 젊은이로 성장하기에는 서울이 최고의 장소가 된 지 오래되었을 것입니다. 특히 서울 중에서도 강남을 비롯한 몇몇 지역이 그럴 것입니다. 하지만 나는 딸 녀석이 오늘날 세상이 이야기하는 그 성장의 중심부를 향해 자신의 사춘기와 소녀시절의 시간을 몽땅 털어 넣지 않았으면 좋겠다고 생각하고 있습니다. 왜냐하면 사람마다 성장의 궁극이 다를 수 있기 때문입니다. 대부분은 효율과 합리성, 편리와 풍요를 성장의 궁극으로 삼지만 그를 위해 치러야 하는 대가 역시 무시하기 어려운 상실을 동반하기 때문입니다.

기름보일러가 아닌 구들방을 누리기 위해 나무를 하고 불을 지피는 수고를 경험해야 하는 딸, 고구마와 감자를 구워먹기 위해 알불이 필요하고 간혹 숯검정도 묻힐 수 있다는 것을 아는 딸, 고구마한 조각을 얻어먹고 싶어 아궁이 앞에 모여드는 개에게 자신이 먹을 한 입을 내어줄 줄 아는 딸. 이 모든 과정을 통해 딸 녀석이 성장의 궁극이 나의 유익만이 아니라 타인과 다른 생명에게로 확장되는 것에 있다는 점을 자연스레 알아갔으면 합니다.

아픔, 신이 주는 성찰의 기회

지리산에 다녀왔습니다. 오후 백무동에서 장터목으로 올라 대피소에서 하룻밤을 보내고 이튿날 새벽에 천왕봉에서 일출을 기다리다 내려왔습니다. 서울에 살 때는 거의 매주 근교 산에 올랐었는데, 정작 산중에 와서는 뒷산의 정상에 오르는 일도 드물게 살아왔습니다. 삶이 참 재미있습니다.

백무동 코스는 중산리 코스와 함께 지리산 천왕봉에 오를 수 있는 최단 코스입니다. 1,915m의 해발 고도를 6km 내외의 거리로 오르는 길이 바로 이 두 코스입니다. 따라서 아주 가파른 오르막을 돌파해야 하는 길입니다. 왕년에 산을 즐겼기에 이 코스를 선택하는 것에 별 부담이 없었습니다. 하지만 산행을 시작하고 500m쯤 가파른 길을 올랐을 때 알았습니다. '아, 이러다 죽겠구나' 심장 박동이 용량을 초과하고 있다는 것을 느꼈습니다. 입구 표지판에 쓰인 '심장 돌연사 예방을 위해 무리한 산행을 하지 맙시다'라는 문구가 떠오를 정도였습니다.

나는 휴식의 길이를 잘게 나누어 몸에게 적응을 유도하고 점점 보행 길이를 늘려가는 방법으로 겨우 오를 수 있었습니다. 세석으로 뻗어나가 다시 여러 갈래로 몸을 누인 지리산의 원경을 조망하면서 나는 생각했습니다. '그간 참 방탕했구나. 숲에 살아 좋은 공기가 몸을 살려주고 있다는 것을 느끼자 전보다 더 많은 양의 담배를 즐겼고, 이러저러한 일을 일으키느라 심신을 되돌아보는 일도 게을리 했구나. 서서히 배가 나오는 것과 타협하더니 이렇게 저질 체력이 되었구나'

하지만 이것은 어설픈 성찰에 불과했습니다. 하산 길에서 나는 더 참담한 경험을 해야 했습니다. 오른쪽 무릎이 구부릴 수 없을 정도로 강한 통증을 느끼고 있었습니다. 가파른 내리막길이 그간 불어난 체중을 무릎에 가중한 탓이었습니다. 두 개의 손수건으로 무릎을 묶어 충격을 줄여보았지만, 올라간 시간보다 더 많은 시간을 쏟고 나서야 겨우 기듯이 출발지로 복귀할 수 있었습니다. 중간에 교차하며 만난 등산객이 나를 세우더니 퇴행성관절염일 가능성이 있다고 병원에 가보라는 말을 보탭니다. 자신이 그랬었다고, 꾸준한 등산으로 거의 완치했으니 진단 후에 잘 관리하라고 당부했습니다. 집에 돌아와 한 이틀 쉬고 나니 관절의 통증은 서서히 가라앉고 있지만, 자괴감을 떨칠 수는 없습니다. 통증이 주는 아픔이 슬픈 것이 아니라, 맑고 꼿꼿하게 살지 않아 몸이 먼저 허물어지고 있는 것 같아 마음이 불편합니다.

어떤 이는 스스로를 성찰하기 좋은 장소로 선방과 병원과 감옥을 말합니다. 자신을 돌아보기 위해 선방이라는 장소에 드는 것은 자유의지에 의한 것입니다. 하지만 나머지 두 곳은 거의 강제로 부여되는 성찰의 기회라 할 수 있습니다. 선방과도 같은 산방에 살면서도 스스로를 돌아보지 못하는 생활을 하자 신이 더 강력하게 성찰의 기회를 주시는 모양이라 생각하게 됩니다. 어쩌면 우리는 우리가 만나는 모든 통증 속에서 자신을 돌아보아야 하는 것이 아닐까 생각하며 가을을 맞고 있습니다. 그대 부디 아프지 마시기 바랍니다.

© 윤광준

고구마를 캐면서

산방에 인터넷 공급이 중단된 지 두 주째지만 아직 작동
이 되지 않고 있습니다. 산중에서 바깥세상과 만나는 유일한 눈이
고장이 나자 처음엔 조금 답답했는데, 이제는 그것도 괜찮습니다.
다만 이렇게 편지를 보내야 할 때 예전처럼 면사무소 신세를 지다
보니 받는 분들에게 송구한 시간이 있습니다. 배짱 좋은 통신회사
지만 그래도 다음 주에는 고쳐주지 않을까요?

요즘 아랫마을을 지나노라면 사람 얼굴보기가 참 어렵습니다.
가을걷이 철이라 모두 들에 나가 있기 때문입니다. 하지만 나의 가
을은 상대적으로 여유롭습니다. 올 한 해 나의 농사는 나무와 토종
벌 농사에 집중되었기 때문입니다. 감나무나 매실나무는 최소 2~3
년을 기다려야 수확을 시작할 수 있고, 풀조차 뽑지 않는 농법을
쓰니까 크게 할 일이 없었습니다. 상강 어귀에 수확할 토종꿀 농사

역시 그들이 주는 만큼만 거두는 방식이라서 크게 손 줄 일이 없었습니다. 다만 딸아이가 좋아하는 고구마와 땅콩 농사만 아주 조금, 그것 역시 퇴비만 듬뿍 주고 온갖 풀 속에 버려두었습니다.

올해도 역시 내버려둠 농법이지만, 고맙게도 고구마와 땅콩이 결실을 맺었습니다. 지난 주말 딸아이와 함께 우선 먹을 만큼만 고구마를 캤습니다. 풀을 들추고 피복한 비닐을 걷어내자, 녀석이 작게 흥분하며 호미를 들고 고구마를 캡니다. 딸아이는 작년에도 그랬듯 고구마 줄기가 시작된 땅을 직접 파기 시작합니다. 그렇게 하면 고구마가 상처를 입거나 부러지기만 할 뿐 덩이줄기 전체를 캘 수가 없습니다. 고구마 덩이가 묻혀 있을 만한 곳에서 먼 곳부터 조심스레 흙을 지워 나와야 상처 없는 고구마를 얻을 수가 있는데, 당장 결과를 보고 싶은 마음이 앞서는 탓입니다. 요령을 다시 일러주어도 그렇게 하기가 쉽지 않은 모양입니다. 때로 소중한 결과는 더 느린 방식으로 얻어진다는 것을 녀석이 깨닫기까지는 시간이 조금 더 필요해 보입니다.

상처입고 부러진 고구마를 캐내면서도 딸아이는 즐거워합니다. 녀석의 관심은 거기 있고, 나의 관심은 오직 땅심이 얼마나 향상되었나에 있습니다. 내가 생각하는 땅심의 척도는 두 가지입니다. 호미질을 하면서 불쑥 만나게 되는 지렁이의 수가 얼마나 많이 늘었는지, 지난해에 비해 고구마 크기는 얼마나 커졌는지. 이곳에 벌써

3년 째 풀을 뽑지 않는 농사를 짓고 있고, 초봄에는 지렁이 똥인 분변토도 뿌렸으며 겨우내 썩힌 퇴비도 듬뿍 뿌렸기 때문에 그로 인해 땅이 얼마나 더 좋아졌는지가 가장 큰 관심이었습니다.

지렁이 수가 눈에 띄게 많아졌습니다. 남들은 기상조건이 나빠 올해 고구마의 상품성이 많이 떨어졌다는데, 나의 고구마는 지난해에 비해 두세 배 크기가 커져 있습니다. 무엇보다 수확량도 서너 배 늘었습니다. 작년에는 줄기가 시작된 땅을 파도 가는 뿌리만 있고 고구마 덩이가 없는 자리가 많았는데, 올해는 거의 모든 줄기에 덩이를 맺었습니다. 아직도 이 고구마에 상표를 달아 시장에 내보기에는 부족하지만, 자자산방을 찾는 손님들에게 아궁이에 넣어 구워 드시라 하기에는 충분한 결과입니다. 내게는 이보다 큰 기쁨이 없습니다.

사람들은 나를 미련한 놈으로 보거나 지나치게 게으른 놈으로 보기도 하지만, 나는 이런 방식의 성장을 선택한 사람입니다. 비료나 농약을 주어 단기적 성과를 얻는 성장의 방식은 나의 가난을 구제하는 데 조금 더 보탬이 될 수는 있습니다. 하지만 그것은 이 땅을 이어서 써야 할 다음 세대에게 더 큰 가난을 안겨줄 것입니다. 지구 전체가 더 크게 병들게 될 것이 뻔합니다. 일기가 확연히 나빠졌고 강 주변의 농토를 없애면서 자연스레 배추 값과 채소 값이 폭등하고 있는 것을 몸으로 겪으면서도 우리는 우리의 성장 방식을 되돌아볼 생각은 하지 않습니다. 늘 당장을 위해 살고 늘 당장의 성과에 목을 매고 있습니다. 이는 딸아이와 고구마가 있을 자리에 직접 호미질을 하는 방식과 크게 다르지 않습니다.

언젠가는 녀석도 고구마를 캐면서 생각하게 되리라 믿습니다. 온전한 고구마를 얻기 위해 더 풍부한 거름이 필요하고, 호미질을 하는 방식에 더 느린 방식이 유용하다는 것을. 고구마를 캐면서 그날을 그리게 됩니다.

눈감지 마십시오

내가 살고 있는 괴산은 청결고추와 대학찰옥수수, 그리고 김장용 절임배추가 농특산물인 지방입니다. 요즘 마을의 절임배추 작목반 형님들은 전화기를 꺼놓고 지냅니다. 사상 초유의 배추 값 파동 탓에 김장용 절임배추의 주문을 문의하는 도시 소비자들의 전화가 끊이지 않기 때문입니다. 값이 조금 떨어지긴 했지만, 여전히 배추 값은 고공행진입니다. 실은 배추만이 아닙니다. 올 한 해 채소 값은 그 어느 때보다 장바구니 물가를 끌어올렸습니다.

가장 큰 원인은 역시 기상이변입니다. 올해는 그 어떤 과학 영농으로도 하늘의 반대를 극복할 수 없었습니다. 보다 심각한 문제는 올해 발생한 기후불안이 앞으로도 언제든지 지속될 수 있다는 불확실성에 있습니다. 언론들이 앞다투어 근본적 대안과 해결책을 찾아 보도하려 애쓰는 모습을 보았습니다. 농산물 수입을 통한 가격 안정화를 단기적 대안으로 제시하는 정부의 모습도 그려지고, 유통구조의 개혁이 절실하다는 오래된 주장도 부활합니다. 보다 깊이 있는 논의로는 생활협동조합(이하 생협) 운동이 펼쳐왔던 소비자와 생산자의 약속과 믿음에 의한 생산과 소비 방식을 확산하는 것을 대안으로 제시합니다.

나 역시 '한살림'과 같은 생협 활동이 확산되어야 한다고 보고 있습니다. 그 이유는 생협을 통하면 소비자들은 안전한 먹을거리를 안정적인 가격으로 구입할 수 있고, 농민들은 보다 높은 수입을 얻을 수 있기 때문입니다. 농민이 생협을 통해 농산물을 공급할 때는 판매금액의 75% 내외를 자신들의 몫으로 갖습니다. 하지만 다른 자본주의적 유통채널에 공급하면 45% 정도만이 농민의 몫으로 돌아오는 것으로 알려져 있습니다.

농산물의 공급과 유통을 담당하는 생협의 역할이 지금보다 훨씬 커진다 하더라도, 그것이 기후변화로 인한 농업의 불확실성과 그로 인한 소비자 물가의 불안을 불식하기에는 한계가 있을 것입니다. 엉뚱하다 여길지 모르지만, 내가 생각하는 실천적 대안의 하나는 도시의 도처가 농사를 시작하는 것입니다. 학교에서 교사와 학생들이 빈 터의 일부에 농사를 짓습니다. 아파트 거주자들이 베란다에 스티로폼이나 나무상자를 이용해 흙을 담고 채소를 키웁니

숲에서 필요한 것은 유심히 보기, 고요히 듣기입니다. 감나무의 껍질이 이토록 아름다운 걸 알고 계신지요.

다. 아파트 주민들이 합의하여 정원과 옥상 등에 밥상에 꼭 필요한 채소들의 농사를 시도합니다. 근교의 주말농장, 혹은 빈 터와 화분을 최대한 활용해서 작게라도 꼭 필요한 채소의 일부를 자급하는 것입니다. 파와 고추, 상추나 토마토, 배추 몇 포기는 수확할 수 있을 것입니다. 다른 생명과 이웃을 사랑할 마음이 생기는 것은 덤입니다.

더 근본적으로는 아픈 지구의 절규에 이제라도 제대로 귀 기울여야 한다는 것입니다. 올해 지구 곳곳을 강타한 기상이변을 그저 우연한 사건으로 바라보아서는 안 될 것입니다. 이 땅에서도 벌이 사라지고 있습니다. 토종벌 농사의 산실 지리산에서도 그렇고, 아랫마을과 이웃마을에서도 벌이 사라졌다는 이야기가 들립니다. 뉴스는 이것이 전국적 현상임을 말합니다. 벌이 사라지면 봄도 서서히 사라질 것입니다. 자명한 일입니다. 기상이변과 그로 인한 농업의 불확실성, 그 근본적 원인에 더 이상 눈감지 말아야 합니다. 아픈 지구를 치유하기 위해 저마다 할 수 있는 최선의 노력을 해야 합니다. 에너지 소비를 줄이는 의식주를 선택하고, 생협에 가입하고, 건강한 농사를 짓는 농부들을 지지하고, 도시에 처한 나일지라도 작게나마 농사를 시작해야 합니다. 그렇게 더 이상 가이아^{그리스 신화에} ^{나오는 대지의 여신}의 분노에 눈감지 말아야 합니다. 절임배추 문의가 쇄도해서 전화를 꺼놓고 사는 농부들의 마음 역시 불안하고 불편합니다. 눈감지 마십시오.

덫

2주 전쯤의 일입니다. 외출을 한 뒤 산방으로 돌아왔는데 바다가 보이질 않습니다. 여러 대의 차 소리가 섞여 들릴 때도 나의 차 소리를 정확히 알고 마을 근처까지 마중을 나오는 녀석이 바다인데, 그날은 마을 주민의 항의 때문에 묶어두고 외출한 산이만 나를 보고 안절부절못하고 있었습니다. 무언가 불길한 예감이 듭니다. 내가 산이를 풀어주며 "바다 어디 있어?" 묻습니다. 평소와 달리 산이가 맞은편 산 쪽을 바라보며 짖습니다. 아니, 짖는다기보다 울부짖는다는 것이 맞을 듯합니다.

그 순간, 그 산 언저리 어디에서 바다가 울부짖는 소리가 들려옵니다. 바다에게 분명 어떤 문제가 생긴 것을 직감합니다. 신발을 고쳐 신고 지팡이를 들자 벌써 산이 그곳을 향해 뛰어가며 뒤돌아 나를 바라봅니다. 나는 그것이 내게 따라오라는 표시임을 알아챕니다. 가을 들풀 우거진 길을 헤치며 맞은 편 산으로 들어서서 "바다야!" 외쳐보지만 대답이 없습니다. 앞장 선 산이를 믿고 도착한 곳은 마을 형님이 산을 개간하여 농사를 짓는 밭입니다. 그곳에 도착하자 산이는 내 곁을 지키며 내가 걷는 대로만 따라다닐 뿐 길잡이 역할을 끝냅니다. "바다야!" 다시 여러 차례 바다를 부릅니다. 하지만 바다의 대답은 들리지 않습니다.

날은 저물어가고 나의 마음을 채운 애잔함은 농도를 더해갑니다. 독 오른 뱀에게 물린 것일까요? 이따금 올라오는 마을 사냥꾼의 총에 맞은 것은 아닐까요? 녀석에 대한 걱정이 증폭되다가 원망으로 변해갑니다. 온 산 헤매며 사냥에 몰두하는 일을 자중하라고 그렇게 타일렀는데도 완전히 무시하고 개의 본분이 사냥에 있다는 듯이 산천을 누비던 녀석이었기에 더 그렇습니다. 그렇게 복잡한 마음을 누르며 여기저기 찾아보지만 다 자란 콩과 큰 키의 풀로 가득한 비탈진 밭에서 도무지 녀석을 찾을 수가 없습니다. 상황이 이쯤 되니 오로지 주인 곁을 지킬 줄만 아는 산도 야속해집니다. 분명 바다의 냄새가 어디서 나는지 알 텐데, 더 이상 안내를 하지 않고 평소의 습관대로 나의 곁만 충직하게 지킵니다.

긴 시간 바다를 찾아보았지만, 나는 녀석을 찾지 못했습니다. 바다가 돌아오지 못한다면 그것이 바다의 팔자라 여기기로 하고 나는 산을 내려가기로 결심했습니다. 그리고 네댓 걸음 집을 향해 발

걸음을 옮겼습니다. 그때입니다. 아홉 시 방향으로 20m쯤 떨어진 풀투성이 속에서 바다가 마치 자맥질하고 사라진 물고기처럼 단 한 차례 솟아올라 울음을 토하고 풀 속으로 사라집니다.

　서둘러 달려가 봅니다. 바다가 거기 있습니다. 거의 탈진한 듯 쓰러져 희미해진 눈빛으로 나를 봅니다. 녀석의 시선을 비켜 나의 눈은 녀석의 앞발로 향합니다. 아, 이게 웬일입니까? 바다의 오른쪽 앞발을 날카로운 톱니를 가진 쇠 덫이 물어버렸습니다. 발에 피가 보입니다. 나는 반사적으로 가져간 지팡이를 써서 덫의 톱니를 벌려보려 합니다. 덫을 조금 벌리는 데 성공했지만 지팡이가 튕겨나가며 다시 톱니가 바다의 발을 차갑게 물어버립니다. 전기충격이라도 받은 듯 순간적으로 튀어 오르며 바다가 내 왼팔을 물었다가 얼른 놓습니다. 지독한 통증으로 거의 무의식을 헤매면서도 녀석은 나를 물지 말아야겠다는 생각을 하는구나 느끼는 순간이 찰나처럼 지났습니다. 몇 번의 시도로 잠시 벌어진 덫에서 바다가 얼른 발을 빼는 데 성공했습니다. 하지만 바다가 오른발을 제대로 딛지 못합니다. 내가 앞장서서 걷자 심하게 절뚝이며 겨우겨우 나를 따라 움직입니다. 이따금 주저앉아 쉬기도 합니다. 해가 완전히 떨어지고 나서야 우리는 산방으로 돌아올 수 있었습니다.

　나는 별도의 치료를 해주지 않았습니다. 바다는 며칠간 웅크린 채 스스로 제 상처를 핥고 절뚝이며 걷기를 반복하더니 열흘 정도 지나 정상을 되찾았습니다. 며칠 전에는 다시 사냥에 나서 기어이 산토끼 한 마리를 입에 물고 나타났습니다. 이대로라면 바다는 마을 사람들이 고라니로부터 밭작물을 지키기 위해 놓은 덫에 또 다시 걸릴지도 모릅니다. 한편 산이는 나와 함께 있는 한 절대 덫에 걸릴 일이 없을 것입니다. 생각하게 됩니다. 나의 삶은 저 둘의 삶에서 어떤 부분을 닮은 것일까요. 혹은 어떤 것이 주어진 삶을 더 맛있게 사는 것일까요.

간결함에 대하여

며칠 산방을 떠나 타지에 와 있습니다. 매일 아침 어느 기업의 연수원에서 가을 숲과, 숲이 가르치는 경영의 비밀을 읽어 나누고 있는 중입니다. 이렇게 강의 때문에 산방을 며칠 비울 때면 늘 한 가지 걱정이 있는데, 산과 바다, 그리고 얼마 전 태어난 '바람소리'의 안위가 그것입니다. 커다란 종이 상자에 개 사료를 잔뜩 주고 오지만, 녀석들이 하루하루 적절하게 양을 나누어 먹지 못하면 시간이 흐를수록 굶주리는 날이 있지는 않을지 늘 걱정을 하며 떠나옵니다. 특히 아직 어려 철없고 식탐 많은 바람소리가 식욕을 조절하지 못할 경우, 녀석들이 굶주리는 나날을 보낼지도 모를 일입니다.

인간을 포함한 동물에게 욕망은 그토록 다루기 힘든 마음 덩어리입니다. 내 속에서 일어나는 것이지만, 나의 마음으로 스스로 적절히 균형을 이루기가 참으로 힘든 것이 바로 욕망인 것이지요. 하지만 숲은 다릅니다. 통상 입동立冬에 앞서 서릿발이 비춥니다. 묵은 밭을 다 뒤덮어버리기라도 할 듯 무섭게 뻗어가던 칡덩굴들의 잎들도 하루아침에 초록빛을 잃고 회갈색으로 변합니다. 숲 언저리를 오가던 뱀들도 이내 사라집니다. 말벌도 자취를 감추고, 새나 다람쥐들의 이동이 한결 분주하게 느껴집니다. 화살나무, 붉나무, 갈참나무, 은행나무, 산벚나무 모두 제 고운 빛으로 타오르는 요즘이 실은 숲의 모든 존재들이 욕망을 내려놓는 시점입니다.

숲에 사는 모든 생명은 자연이 누구에게도 무한 성장의 궤도를 허락하지 않는다는 것을 알고 있습니다. 멈출 것을 요구당하는 늦가을이 다시 성장을 시작할 수 있는 봄으로 건너가기 위해 반드시 겨울이라는 협곡을 만나야 한다는 사실은 숲에 사는 누구나 알고 있는 것입니다. 나무와 풀의 겨울채비는 의외로 간단합니다. 지우는 것에서 시작하면 됩니다. 풀은 한 해를 키운 땅 위의 성장을 모두 지웁니다. 씨앗만 남깁니다. 씨앗에서 새로 시작하기 위해서입니다. 나무는 물을 내립니다. 성장을 위해 잎과 줄기, 가지로 보냈던 물을 땅 아래로 되돌려 놓습니다. 이때 잎에 남아 있는 영양분도 회수합니다. 붉거나 노랗거나 갈색으로 빚어지는 이 가을의 단풍 잔치는 그들이 치르며 만드는 간결함의 결과물이요 향연입니다. 찬바람 불면 잎마저 떨굽니다. 그전에 이미 잎을 달았던 자리에 우리가 문풍지로 틈을 틀어막듯 떨 켜를 만들어 한기의 침입을 허락하지 않습니다.

산방 마루에 서서 바라보는 사오랑 마을과 앞산의 전경. 해발 948m의 군자산에는 때 이른 첫눈이 내렸습니다.

큰 바람 불고 눈 내리며 추워진 시간의 협곡 속에서 그들은 그렇게 안으로 깊어가는 시간을 보냅니다. 이미 만들어놓은 겨울눈을 지키며 오로지 침묵하는 시간을 보냅니다. 그래서 숲은 내게 간결함을 위해 먼저 멈추고 침묵하는 시간이 필요하다는 것을 알게 합니다. 내 안에 이미 담겨 있는 씨앗과 새롭게 움틀 눈을 응시하도록 가르칩니다. 새롭게 성장할 때를 기다리되 협곡에 머물러 있는 시간이 필요함을 말해줍니다.

　　산방으로 되돌아가는 날의 풍경이 내게는 이미 그려져 있습니다. 산과 바다는 온종일 볕을 쬐며 나의 차 소리가 들려올 먼 곳을 응시하고 있을 것입니다. 움직임을 최소화하여 호흡량을 줄이고 식량의 소비를 줄이기 위해 그렇게 긴 침묵의 시간을 보내고 있을 것입니다. 아직 어린 바람소리는 차마 모를 그 간결함의 시간을 말없이 보내고 있을 것입니다. 이렇게 늦은 가을이면 생명은 모두 새롭게 간결해지는 시간이 필요함을 기억해야 합니다.

그녀가 종소리를 듣지 못하는 이유

얼마 전 세 명의 여인이 백오산방을 찾았습니다. 그들은 한 계간 잡지의 겨울 호에 실을 인물로 나를 인터뷰하겠다며 찾아온 사람들이었습니다. 그 중에 삼십 대 초반으로 보이는 한 여인이 내게 물었습니다. 인터뷰를 본격적으로 시작하기 전 대뜸 뜬금없이 이런 질문을 하더군요.

"제게는 왜 종소리가 들리지 않는 걸까요?"
"무슨 말씀인지……."

감을 잡지 못하는 내게 부연하는 그녀 말이,
"다른 여자들은 키스를 할 때 종소리가 들린다고 하는데, 저는 여태 키스할 때마다 단 한 번도 종소리를 듣지 못했거든요. 왜 그런 걸까요?" 참고로 그녀는 미혼이었습니다.

속으로 생각했습니다. '처음 만나는 내게 그런 질문으로 긴장을 깨는 걸 보니 이 사람 참 재미있는 사람이구나. 아니, 형식 따위에는 걸림이 없는 자유한 영혼을 가진 사람인지도 모르겠다. 아니, 혹시 내가 산중에 살고 있다고 나를 모든 것에 통달한 도인으로 여기는 건가?' 하여튼 질문이 재미있고 진지해서 잠시 키스와 종소리에 대해 생각해 보았습니다. 그녀 말대로 그것이 여자들이 듣는 소리라면, 나는 남자여서 그 소리를 들어본 기억은 없는 것 같았습니다. 다만 그 아득해지는 무아의 경지는 여러 차례 경험해본 적이 있습니다. 그것을 가리켜 사람들은 종소리가 들린다고 표현하는 것이겠구나 짐작했습니다.

가만히 생각해 보니 키스가 만드는 종소리는 첫키스에 가까이 있는 기억일수록 더 강렬했던 것 같습니다. 한 눈에 내 마음을 빼앗아서 제어할 수 없는 본능으로 이끌었던 그 순간순간들에서 나는 늘 (그녀가 표현하는) 종소리를 들었음을 기억합니다. 그리고 다시 가만, 이 여자는 왜 그 황홀한 소리를 단 한 번도 듣지 못해온 걸까 생각해 보았습니다. 어쨌든 자못 진지한 그녀의 질문에 대답을 해야 할 것 같아서 그 순간에 떠오른 직관을 의지하여 이렇게 대답해 주었습니다.

"키스를 머리로 하시는 모양이지요. 가슴과 몸이 먼저, 그렇게 아래로부터 차오르는 황홀감이 머리를 무장해제시키는 것, 그것이 달콤한 키스의 정석 같은데요."

　나의 대답에 그녀는 묘한 표정을 지었습니다. 역시 말은 서로 깨우침을 나누기에는 공허한 수단입니다. 도끼질 잘하는 법을 말로 일러보았자 몸을 써서 직접 그것을 익히고 기억하지 못하면 허빵^거짓말의 평안 방언인 것 같은 이치인 것이지요.

　사실 숲으로 떠나온 이후 나는 자주 그 소리를 듣습니다. 이제 나는 키스를 통하지 않고서도 다른 것에서 더 많은 종소리를 듣습니다. 농사하는 시간에도 듣고, 숲을 거니는 시간에서도 듣습니다. 이런 종소리는 아주 은은한 종소리지요. 키스만큼 강렬한 종소리를 만날 때는 사실 강의를 할 때입니다. 숲이 전하는 자연스러운 삶의 지혜를 듣고 싶어 하는 분들을 만나 그들에게 숲의 비밀에 대해 두서너 시간 강의할 때, 나는 여러 차례 아주 강렬한 종소리를 듣습니다.

　쓸모없는 도식화라는 점을 알지만, 여전히 머리로 종소리 잘 듣는 법을 이해해 보려는 사람을 위해 몇 가지 그 원칙을 정리해 봅니다. 첫째, 이끌릴 것. 그것을 온전히 좋아하여 그 대상에 이끌릴 것. 둘째, 늘 처음처럼 그 대상을 대할 것. 그리고 아낄 것. 셋째, 분별하지 말 것. 나 스스로 깊이 빠져들어 몸의 아래부터 채워나갈 것, 가슴을 채우고 자연스레 머리에 차오르도록 할 것. 상대가 반응하고 감응하는 것을 즐기며 더욱 더 그 대상을 구석구석 핥고 쓰다듬을 것. 온전히 그 순간에 헌신할 것. 그리하여 그대 삶에 날마다 종소리가 울려 퍼지기 바랍니다.

죽기 살기로
넘어야 하는 순간

지난 주말, 손님이 오신다기에 근 열흘 만에 자자산방 아궁이에 불을 지폈습니다. 모처럼 불을 넣는 아궁이인데도 불은 잘 타올랐습니다. 불쏘시개에 불을 지피고 조금씩 큰 장작을 넣어 불이 활활 타오르는 순간, 무언가 이상한 기분이 스쳤습니다. 아궁이 안에 뭔가 있는 것 같다는 느낌이 잠시 떠올랐지만 타오르는 불과 타닥타닥 나무 타는 소리에 그 느낌도 이내 사라졌습니다. 얼마 뒤 아궁이 바닥에 붉은 알불이 생겼고, 잠시 뒤 잘 타던 불이 조금씩 약해지기 시작했습니다. 장작을 너무 많이 넣어서 바람이 통할 틈이 별로 없는 상태가 되었기 때문이었습니다. 장작을 교차하여 얹어놓은 아궁이의 하단부에 바람구멍을 내주었습니다. 공기구멍을 확보해 주면 장작의 연소에 필요한 산소가 원활히 공급되면서 다시 장작이 활활 타오르게 되기 때문입니다.

바람구멍을 내고 채 1분도 되지 않았을 때의 일입니다. 아궁이 바닥의 시뻘건 숯이 놓인 불구멍을 빠른 속도로 가로지르며 작고 시커먼 물체 하나가 후다닥 튀어 나오고 있었습니다. 이게 웬일입니까? 쥐 한 마리가 온 몸을 불에 그슬리고 내 무릎과 무릎 사이를 지나 사타구니 아래 언저리까지 튀어나온 것입니다. 그 쥐에게서는 심지어 고기 타는 냄새가 나고 있었습니다. 순간 무척 놀랐습니다. 그리고 이내 쥐가 얼마나 뜨거울까 그의 통증이 내게도 전이되는 느낌이 들었습니다.

정신을 못 차리고 헤매는 그 작은 쥐를 더 보기가 불편해서 멀리 밭둑 근처에 던지듯 놓아주었습니다. 돌아와 다시 장작 두어 개비를 집어넣었습니다. 잠시 뒤 또 다시 시커먼 무언가가 튀어나왔습니다. 또 다른 쥐였습니다. 녀석은 외상이 별로 없었지만, 순간적으로 방향 감각을 잃었는지 내 발 언저리를 헤매며 안절부절못하고 있었습니다. 이번에는 일어나서 몇 발짝 떨어진 곳으로 자리를 피한 채 녀석을 지켜보았습니다. 다행일까요? 녀석은 곧 툇마루 아래쪽으로 들어가 몸을 감추었습니다.

한동안 불을 지피지 않자, 자자산방의 아궁이를 몇 마리의 쥐가 자신들의 거처로 활용하고 있었나 봅니다. 추워지는 날씨에 땅의 찬 기운이 덜한 아궁이를 안전한 안성맞춤 은신처로 택했던 모양입니다. 그러던 어느 날 인간 하나가 나타나 연기를 피우고 이내 뜨거운 장작불을 활활 집어넣었겠지요. 자연스레 연기와 뜨거움을 피해 구들 아래로 피했을 것입니다. 연기는 더욱 그 농도를 더해 오고 퇴로는 없었습니다. 그렇게 구들 아래에 숨어 있다가는 질식해서 죽을 것만 같았을 것입니다. 이제 선택의 여지가 없어진 녀석들은 불구덩이를 넘어야만 하는 선택만 놓여 있었을 것입니다. 불을 피해 달아나는 것이 아니라, 불을 마주하고 그 불을 넘어서야 일말의 희망이 있다는 점을 알게 되었겠지요. 그 중 한 마리가 먼저 죽기 살기로 달궈진 빨간 숯불 위를 달음박질치며 건넜습니다. 입구에 산처럼 앉아 있는 인간이 두려워 잠시 머뭇거리는 사이 녀석은 온몸이 불에 그슬리고 말았습니다. 치명상을 입은 것입니다.

아직 불 너머에 남아 있던 다른 한 마리는 입구에 앉아 있는 커다란 인간에 대한 두려움을 생각지 않기로 했을 것입니다. 오로지 최대한 빠른 속도로 죽기 살기로 불의 장벽을 넘기로 마음 먹었을 것 같습니다. 밖으로 뛰쳐나오는 데 성공한다 해도 인간이 자신을 어떻게 할지는 모를 일이었습니다. 그러나 쥐는 지금이 죽기 살기로 넘어야 하는 순간임을 알았습니다. 그 다음의 운명은 신에게 맡기기로 하고 그렇게 숯불을 타고 넘는 혁명을 감행한 것입니다. 다행히 신은 그 인간의 마음을 움직여 자리를 피하게 했습니다. 불의 장벽을 죽기 살기로 넘은 생쥐는 드디어 새로운 삶의 기회를 얻게 되었습니다.

연기와 뜨거움으로 가득 차오르는 아궁이 속에서 쩔쩔매던 쥐 두 마리를 만나던 날, 나는 내가 떠나온 아궁이 속을 생각하고 있었습니다. 내게도 요 몇 년은 그렇게 죽기 살기로 넘어야 하는 삶의 순간들이 아니었나 생각하고 있었습니다.

귀농과 귀촌을 꿈꾸는 이들에게

올해 내가 꾸미고 세운 뜻 중에는 우리 마을을 정보화마을로 만들고자 하는 것이 있었습니다. 정부가 매년 전국에서 서너 곳 정보화마을을 선정하여 3년간 총 3억 원의 예산을 지원해 줍니다. 동네사람들에게 몇 차례 설명을 하고 행정안전부에 사업 안을 제출했습니다. 운 좋게 대상마을로 지정이 되었습니다. 더 많은 주민들에게 컴퓨터와 인터넷이 보급되고, 주민들의 정보화 능력 향상을 위한 마을 교육장도 만들게 됩니다. 마을의 공동수익 증대와 주민편의 및 복지 향상을 위한 사업도 추진할 것입니다.

이제 막 예산이 투입되기 시작했고, 시설공사도 시작되었습니다. 몇 명을 제외한 마을사람들은 아직 실감을 하지 못합니다. 지금까지 주민 개개인과 마을을 위해 그토록 큰 예산을 지원받아 본 적이 없었기 때문인지도 모릅니다. 혹은 대다수 시골 어르신들에게는 개

념조차 이해하기 어려운 사업이어서 그런지도 모를 일입니다.

　나는 90년대 초에 농업문제를 테마로 석사학위 논문을 썼습니다. 그때 농업과 농촌이 자본과 도시의 안정을 위해 정책적으로 희생당하게 되는 현대사를 깊이 있게 이해하게 되었습니다. 근자에도 그러한 기조는 달라지지 않았습니다. 자유무역협정[FTA]을 체결하는 과정에서 다른 산업의 이익을 보호하거나 관철하기 위해 농업의 영역을 양보(?)하는 사례를 우리는 여러 차례 목격한 바 있습니다. 혹자는 농촌에는 눈 먼 돈이 많다고 말합니다. 그 말은 이러한 농업 희생의 맥락에서 최소한의 농업보호를 위해 정부가 농촌과 농가를 위해 지원하는 다양한 예산을 두고 하는 말일 것입니다.

　어떤 이들이 그런 예산을 눈 먼 돈이라고 인식하게 되는 까닭은 무엇일까요? 대다수 농민들은 그런 예산이 있는지도 모르고 사는데, 몇몇의 사람들이 그 예산을 독식하던 모습을 보았거나 심지어 특정인들이 부정한 방법으로 횡령하거나 유용하는 사례가 보도되면서 얻게 된 인식이겠지요. 귀농해서 몇 년 살아 보니 이 아름답고 평화로운 작은 마을에도 하나의 작은 정치판이 존재합니다. 나의 짧은 견해로는 정치란 결국 무수한 욕망이 품고 있는 이해관계를 다루는 과정입니다. 그 과정이 민주적이고 합리적일 때 세상은 조금 더 살만하고 평화로운 곳이 됩니다. 그간 구조적으로 희생되어 온 농촌의 자립도를 높이려고 투입한 예산이 비민주적이고 불합리하게 집행되어온 측면이 있어서 혹자들에게 농촌은 '눈 먼 돈이 떠다니는 곳'으로 인식되어 온 것이겠지요.

혼자 있는 시간, 왕왕 나는 스스로에게 묻습니다. '나는 왜 이 숲으로 왔는가? 어설픈 중처럼 다만 홀로 충만한 삶을 살자고 이곳에 와 있는가?' 사실 마을 일을 꾸미고 그들 삶에 개입하면서 내 삶은 쫓기기 시작했습니다. 내 삶을 떠받치는 농사와 강의와 글 작업이라는 세 개의 기둥이 균형을 잃는 시간이 많아졌습니다. 그토록 멀리하고 싶은 마을의 작은 정치판에 본의 없이 내가 거론되기도 하는 모양입니다. 다시 묻게 됩니다. '나는 어쩌자고 그들의 삶에 개입하는가? 내 삶의 기둥을 흔들면서까지 바라는 것이 무엇인가?'

그것은 이 작은 마을의 자립입니다. 내가 생각하는 농촌 자립의 척도는 도시를 바라 떠나는 이들이 적은 마을, 그리고 떠나갔던 이들이 다시 이곳으로 돌아와 삶과 문화를 잇는 정도입니다. 농촌이 지닌 공동체적 삶의 가치가 복원되는 것입니다. 그렇다면 농촌의 자립은 어떻게 가능할까요? 나는 이제 막 그 실험의 무대에 데뷔했습니다. 정치인과 정책결정자들은 농촌이 자립하기 위해 필요한 것을 여전히 몇 푼 안 되는 돈의 지원에서 찾습니다. 우리 사회 대부분이 여전히 그러하듯 사람들은 아직도 돈에서 답을 구합니다. 사실은 사람에게 답이 있음을, 시민 또는 주민의 의식과 서로의 헌신과 배려가 먼저임을 알지 못하고 있습니다.

그대가 귀농이나 귀촌을 꿈꾸는 이라면 농촌을 피난처나 구도의 장소로 삼지 마십시오. 대신 그대가 품은 정의로움과 그대가 키워 온 노련한 경험이 함께 오도록 하시기 바랍니다. 지금 농촌에 부족한 것은 바로 그것이니까요.

돈 말고 생명

보름 전쯤 아랫마을 형님 집에 들렀다가 홀리듯 강아지 한 마리를 안고 올라왔습니다. 이미 산, 바다, 바람소리까지 세 마리의 개가 있는 나는, 더 이상 개를 키울 의향이 없었습니다. 하지만 그날은 어쩐 일인지 냉큼 달려와 내 신발을 핥고 놀아 달라 청하는 그 강아지를 덥석 끌어안았습니다.

"형수님, 이 녀석 제가 데려다 키워도 될까요?"
형수님은 망설임도 없이 말합니다.
"그러세요. 아이구, 그 놈은 이제 복 받았네. 선생님 집에 가면 세상에서 가장 행복한 개로 살 테니……."

녀석을 트럭 조수석에 앉히고 산방에 이르는 길을 덜커덩대며 올라갑니다. 신기하게도 제 어미와 아비를 찾는 기색도 없이 내내 나의 눈만 응시합니다. 그 눈빛이 얼마나 무구한지 마음을 빼앗습니다. 강아지를 내려놓자마자 샘 근처의 1호 개집 옆에 산이를 먼저 묶었습니다. 서로 사귈 때까지 어린 강아지를 해치지는 않을까 염려해서입니다. 다음으로 바다를 묶기 위해 쇠말뚝을 박기 시작합니다. 내내 묶여 살지 않던 놈들이지만 당분간은 어쩔 수 없겠다 생각하면서.

아궁이 근처의 2호 개집 근처에서 한참 쇠말뚝을 박고 있는데 갑자기 죽을 것 같은 강아지의 비명소리가 들립니다. 산을 묶어둔 자리에서 들려오는 소리입니다. 해머를 팽개치고 허겁지겁 뛰어갑니다. 아 이게 무슨 일입니까? 금방 얻어온 그 강아지를 산이가 험하게 물어버린 모양입니다. 산 근처에서 얼쩡대다가 느닷없는 봉변을 당한 것입니다. 녀석은 4~5m 떨어진 곳의 트럭 바퀴 밑으로 깨갱대며 기어가고 있습니다. 뒷다리 두 개를 질질 끌면서 오직 앞다리로만 기어가고 있습니다. 순간 대형사고가 터졌음을 알게 됩니다.

녀석을 살펴봅니다. 산의 그 큰 입과 이빨이 강아지의 척추와 배를 동시에 물어버린 것 같습니다. 뒷다리가 덜렁이고 털에 약간의 피가 보입니다. 아무래도 척추신경을 다친 것 같습니다. 허둥지둥 방으로 들어와 동물병원을 찾아 전화를 합니다. 두어 곳의 동물병원에서 증상을 듣더니 수술비가 100만 원을 넘을 것이라는 전제부터 전하면서 대학의 수의대 동물병원에 가서 수술을 해야 일말의 희망을 가질 수 있을 거라고 말합니다. 대학의 수의대 병원으로 전화를 합니다. 하지만 스케줄상 수술이 열흘 뒤에나 가능하다고 합니다. 여러 생각이 교차합니다.

녀석을 다시 살피기 위해 전화기를 들고 마루로 나오는데 녀석이 그 길고 높은 거리를 두 발로 기어서 내게로 오려고 버둥대고 있었습니다. 조금 전 차를 타고 오면서 나를 바라보았던 그 맑은 눈이 촉촉하게 젖어 있습니다. 순간 녀석의 눈을 바라보기가 너무 미안합니다. 산에게 다가가 고래고래 소리를 지르며 녀석을 흠씬 패줍니다. 다시 강아지를 봅니다. 여전히 그 유리알 같은 눈빛이 내 흔들리는 마음을 투명하게 들여다보는 듯합니다. 내가 시선을 피합니다. 수술 후 어떻게 될지도 모르고 그 비용도 감당하기 버거운 수준이라는데 어찌해야 할까요.

다시 방으로 들어와 인터넷을 뒤집니다. 60km쯤 떨어진 작은 도시에 있는 병원으로 일단 후송을 하였습니다. 승용차 조수석에 박스를 놓고 녀석을 뉘었습니다. 연신 가느다란 신음을 토해내면서도 내게서 눈을 떼지 않습니다. 이제 나도 녀석의 눈을 더 자주 들여다보게 됩니다. 병원에 도착해 보니 척추도 척추지만 복막이 터져서 얼른 수술을 하지 않으면 위험하다고 합니다. 나는 녀석이 두 다리를 다시 쓸 수 있도록 최선을 다해 달라며 수술을 부탁했습니다.

돌아오는 길, 나는 녀석을 '자자'라고 부르기로 했습니다. '스스로 마음대로 할 수 있는' 몸을 되찾기를 바라는 마음으로. 두 주가 지났지만, 자자는 아직 다리를 회복하지 못하고 있습니다. 영원히 그럴지도 모릅니다. 하지만 나는 자자와 함께 살 것입니다.

숲 생활 3년 만에 나는 풀도 나무도 강아지도 모두 생명인 것을 몸으로 받아들이는 놈이 되어버렸나 봅니다. 유리알 같은 자자의 눈빛은 아이의 눈빛과 다르지 않습니다. 동네 어른 한 분은 그 비싼 돈을 버렸다고 내게 유별나고 판단력 떨어지는 사람이라고 책망하셨지만, 나 역시 쾌히 감당할 수 있는 돈이 아닌 형편이지만, 돈보다 생명이 귀한 가치가 되는 시대가 아니고서는 이 세상을 구할 방법이 어디 있겠냐고 외치는 놈이니 나는 그렇게 살아야겠습니다.

내가 인간과 사람을
구분하는 법

자자는 아직 뒷다리를 쓰지 못합니다. 대신 토끼처럼 앞발로 깡충깡충 뛰면서 제법 빠르게 이동하는 방법을 익히는 듯합니다. 나는 다만 자자의 변화를 기도하고 있습니다. 또한 나는 그 강아지의 삶을 지켜보고 있을 뿐입니다. 산에게는 큰 변화가 있습니다. 산이는 여전히 옹달샘 옆 느티나무 근처에 따로 마련해놓은 개집에 묶여 살고 있습니다. 며칠 처절하게 부자유에 항의하며 울부짖는 시간이 있었습니다. 밥을 줄 때마다 그에게 일렀습니다.

"너는 아직 멀었어. 너로 인해 무너진 한 생명에 대한 죗값을 용서받으려면 너는 아직 멀었다. 그것을 깨닫지 못하면 너는 이렇게 평생 묶여 살아야 할 거야."

오후에 산의 집 옆을 지나쳐 아궁이에 불을 지피러 가면 산이는 내게 온갖 애교를 부려도 보고 울부짖기도 했습니다. 하지만 나는 무심히 녀석의 눈을 응시하며, 또 반성을 촉구하는 말을 툭 던지며 지나치곤 했습니다. 자자는 나만 졸졸 따라오는데, 산의 집 옆을 멀리 돌아 기어서 아궁이로 오곤 했습니다. 산에 대한 일종의 트라우마일 것이라 생각하고 있습니다. 그러던 중 드디어 어제 특별한 사건이 일어났습니다. 자자가 아궁이 옆으로 따라오다가 산 근처로 가는 것입니다. 나는 경계하며 산이를 지켜보았습니다. 여차하면 산이를 제압할 준비를 하면서.

조심스럽게 다가오는 자자를 응시하던 산이 주둥이로 자자의 몸 냄새 전체를 샅샅이 맡습니다. 이어서 자자의 목덜미를 중심으로 털 고르기를 해줍니다. 그것이 좋았는지 자자는 제 배를 드러내놓고 여기저기 몸 구석구석을 산의 주둥이에 맡깁니다. 그렇게 한 십여 분 둘이 놀았습니다. 산과 자자의 심중에 어떤 변화가 있는 것인지 아직 잘 모르겠습니다. 앞으로도 그렇게 지켜볼 뿐, 그 개들의 입장이 되어 이해하기는 어려울지도 모릅니다. 하지만 분명한 건 산이 이제야 자기를 돌아보는 시간을 갖기 시작했다는 느낌입니다.

농담처럼 나는 인간과 사람을 조금 다른 의미로 구분하여 쓰곤 합니다. 우선 농사해 보았으면 사람, 아니면 아직 인간. 자신 혹은 타인의 자식을 포함해서 생명을 키워본 이는 사람, 아직 아니라면 그는 인간. 마지막으로 누군가를 미치도록 사랑해본 이라면 사람,

© 윤광준

아니라면 아직 인간. 위 세 가지 중에 최소한 하나라도 자신의 삶과 함께 하고 있다면 그는 사람, 아니라면 아직 인간. 좀 억지스럽게 느껴질지 모릅니다. 그러나 나는 그만큼 생명을 곁에 두고 사랑을 나누는 것이 깊이 있는 삶을 위해 중요하다고 강조하는 것입니다. 농사는 그것을 체험하기에 아주 좋은 수단입니다. 농사가 어렵다면 화분이라도 곁에 두고 생명을 가까이 하며 대화해 보십시오. 나 또한 직접 농사를 지으며, 생명 있는 것들과 가까이 하다 보니 생명을 경험하고, 사랑을 주어 보고, 안타까움과 기쁨, 그리고 상실을 경험해 보면서 알게 되었습니다. 매를 때리고 돈을 주면 된다고 생각한 어느 기업가의 뉴스에 가슴이 아팠습니다. 땅을 샀으니 그 위에 법의 테두리에서 내가 무엇이든 할 수 있다고 믿는 귀농자들을 목격하는 것도 가슴이 아팠습니다. 규모와 가격경쟁력으로 재래시장이나 영세 상인들의 삶을 사막으로 몰아대더라도 그것이 시장이니 문제없다고 생각하는 마케터들의 차가운 영혼은 섬뜩했습니다. 우리가 믿는 자기 경영과 성장이 그런 것이라면, 그것으로 내 삶이 풍요해진다고 믿는 것이라면, 내 아이세대가 어른으로 살아가야 할 그 시간은 얼마나 아플까요?

오직 발정과 번식에 경도되었던 산이 자자를 품는 모습이 단 한 번의 기억으로 사라지지 않기를, 나의 표현대로 우리 사는 이 세상이 능력 있는 인간보다 따뜻한 사람이 많아지기를. 하여 오늘도 외칩니다. "그대 성장이 생명과 함께 하세요. 사랑과 함께 하세요!"

자립하는 삶

동지가 가까워지기 시작하니 제대로 된 겨울이 오려나 봅니다. 산방으로 오르는 길에 실개천 물이 조금씩 넘어오더니 빙판을 만들고, 그 면적이 점점 커지고 있습니다. 아직은 괜찮지만 어쩌면 곧 지게를 지고 마을을 오가는 날이 올지도 모르겠습니다. 그대는 나의 불편을 염려해 주지만, 나는 별로 걱정이 없습니다. 겨울은 숲의 모든 존재들이 그렇게 얼어붙는 시간 앞에 겸손해지는 때입니다. 나라고 예외일 수 없고, 예외이고 싶지도 않습니다. 차라리 이런 시간에는 바깥출입을 삼가고 치워져 있던 성찰의 거울을 꺼내어 갈고 닦는 것이 마땅합니다.

모든 것이 시리게 맑고 고요해서 이 추운 겨울만큼 스스로에게 물어보기 좋은 시간이 없습니다. 나의 질문은 대략 이런 것들입니다. 나는 왜 여기 있는가? 어디로 향하고 있는가? 스스로를 증명하는 삶을 살아가고 있는가? 분주했던 한 해의 시간 속에서 들여놓지 말아야 할 삶의 때가 끼지는 않았는가? 산중의 겨울은 그렇게 스스로 차갑게 묻고 온화하게 대답하여 스스로를 사랑하는 시간을 갖기에 참 좋은 때입니다. 그러한 질문과 대답이 모여서 스스로의 현재를 증명하게 됩니다.

내가 꿈꾸는 내 삶의 현재는 늘 자립하는 삶을 일궈내는 것입니다. 그 자립의 삶 위에서 내가 거두는 작은 결실들을 나누어 이웃과 세상에도 미력이나마 거름이 되는 것입니다. 그것이 내가 품은 일생의 지향입니다. 자립한다는 것은 스스로 서는 것입니다. 스스로 선다는 것은, 우선 외부로부터 온전히 나를 보호하고 지킬 수 있는 능력을 갖는 것입니다. 나아가 스스로를 지켜내는 힘에 기초하여 외부 세계에 내가 만든 정신적·물리적·화학적 에너지를 되돌려 놓는 것입니다. 그렇게 '나'이면서 또한 '우리'인 삶의 주인이 되는 것입니다. 나무 한 그루, 풀 한 포기가 살아가는 삶의 방식과 같아지는 것입니다.

타자를 해하거나 착취하여서 삶을 잇는 나무와 풀은 없습니다. 스스로 밥을 만드는 그들처럼 나의 삶도 온전히 스스로의 땀과 노력으로 채워지고 일어설 수 있는 날을 꿈꿉니다. 나무가 이룬 성과와 결실은 낙엽과 열매, 심지어 죽음을 통해서까지 숲의 다른 생명들에게 환원됩니다. 마찬가지로 내가 이룬 모든 성과들 역시

눈 오는 산방의 전경.

이웃과 세상에 밀알처럼 쓰이는 삶을 꿈꿉니다. 그대 어떻게 여기 실지 모르지만, 이것이 바로 내가 품고 사는 자립하는 삶의 꿈이 랍니다.

삶을 비추는 거울

지난해에는 12월 중에 단 한 번도 강의를 나간 적이 없었는데, 송년 모임의 양상이 달라진 탓일까요? 올해는 부르는 곳이 여럿입니다. 먼 곳에 갔다가 숲으로 돌아온 늦은 밤, 아궁이에 장작을 지피고 하늘을 바라봅니다. 음력 17일의 달이 마치 보름달처럼 빛나자 숲은 은빛으로 화답합니다. 숲 속 바위 솟은 언저리에선 부엉이가 오두막의 개들보다 먼저 숲 떠났던 나를 반깁니다. 저잣거리의 한 해는 아름다운 조명 아래서 사위고, 나의 한 해는 푸른빛 품고 은색으로 빛나는 숲을 지키는 부엉이의 노래와 함께 저물어 갑니다.

올해는 참 바빴습니다. 마을사람들이 함께 공부하고 밥 먹고 일하면서 부지불식간에 잃어가던 공동체 문화를 되살릴 공간을 마련하기 위한 사업계획을 만들고 정부를 설득하는 일이 내 몸을 차지

했던 한 해였습니다. 한편 내년에는 이곳에 숲학교를 짓고 도시의
지친 영혼들이 머물러 스스로를 돌아볼 수 있는 기반시설을 만드
는 사업계획을 만들고, 이 역시 정부와 주변의 지인, 그리고 마을
사람들을 설득하는 일이 내 마음 대부분을 빼앗은 한 해였습니다.
당연 딸아이와 함께 써서 마무리하기로 했던 '어린이를 위한 숲이
야기'에 대한 책은 출판사 담당자의 속을 태우며 해를 넘기게 되었
습니다. 초여름에 시작했던 청산도의 사람과 바람과 물과 풀과 나
무의 이야기를 담을 책 역시 다음 해가 돼서야 탈고를 마칠 수 있
을 것 같습니다. 글 빚을 진다는 게 얼마나 마음 무거운 일인지 통
감하며 연말을 보내고 있습니다.

새해 역시 나의 삶은 바쁠 것입니다. 숲학교를 지어야 하고, 숲
탐방로를 만들고 임산물도 심어야 합니다. 방문자들을 위한 프로
그램을 만들고 체계적으로 홍보도 해야 할 것입니다. 정부가 지원
하는 예산에 더하여 스스로 부담해야 할 자금을 더 마련하기 위해
선한 투자자들을 조금 더 찾아 다녀야 할지도 모릅니다. 숲 속의
생활이 오로지 현재를 사는 방법을 터득하고 익혀온 시간이라고
자부해 왔지만, 지난 몇 날은 일이 내 삶을 휘두르더니 급기야 호되
게 몸살을 앓게 만들었습니다.

아픔은 내게 있어 거울입니다. 나는 그 시간을 거울로 삼는 편입
니다. 아픔은 나를 강제로 눕게 만듭니다. 고열에 몽롱해지고, 뼈

마디가 쑤시며 한기가 느껴지면 외로움이 실존으로 찾아옵니다. 방법이 없습니다. 모든 통증, 심지어 외로움에게 나를 맡기는 게 최선입니다. 이윽고 몇 날 만에 회복되어가는 몸과 정신 속에서 비로소 근자의 삶이 맑은 거울 위에 투사됩니다. 그간 느릿느릿 사는 것과 게으르게 사는 것의 차이를 구별 않고 살아왔던 것이 거울 위에서 들통이 납니다. 스승님께서 늘 말씀하시는 꾸준함에 나를 바치지 못한 일상도 아픔을 불러온 스트레스를 통해 폭로됩니다.

돌아와 달빛 아래 푸른빛 머금은 은빛 숲의 나목裸木들을 쳐다보다가 갑자기 부끄러워집니다. 달빛을 받은 가까운 숲의 나무들이 드러내는 형체가 참으로 또렷합니다. 나무들은 겨울 숲의 밤에서조차 당당해 보입니다. 여름내 땅을 붙들고 잎과 가지를 키워 제 하늘을 지킨 성장의 증거들을 겨울 햇살 아래서도, 달빛 아래서도 거침없이 드러낼 수 있을 만큼 당당합니다. 아마도 저들에게는 하루하루의 삶을 비추는 거울이 있는 모양입니다. 나도 이제 새로 시작해야겠습니다. 매일 걷고, 쓰고 읽고 정돈하며 스스로를 비추는 일을 다시 시작해야겠습니다. 그래서 내년에는 빚지는 일을 만들지 말아야겠습니다. 아픔을 거울로 삼지 말고, 하늘 아래 드러날 내 육신과 영혼을 거울로 삼아야겠습니다.

우리가 불행한 이유

근 일 년 만에 그에게서 전화가 걸려왔습니다. 10년도 넘은 기억이지만 나는 그와의 첫 만남을 선명하게 기억합니다. 처음 만났을 때 그는 기자였습니다. 말투와 표정과 행동에서는 건조함과 적당한 무례함이 배어 나왔습니다. 그는 만나자마자 대뜸 "김 대표님은 꿈이 뭐예요?"라고 물었던 사람입니다. 어쩌면 그 질문이 내 삶을 이 숲으로 이끈 기폭제였는지도 모릅니다. 나는 그날 그 질문에 대답하지 못했습니다. 그리고 3년여 동안 그의 질문에 대한 답을 찾느라 버거워했던 적이 있습니다. 이후 나는 그 답을 찾아 숲으로 스며들었고 지금 이렇게 살고 있습니다.

그는 숲으로 떠나온 내게 아주 가끔씩 전화를 걸어왔습니다. 전화는 늘 자정 근처의 시간에 울렸고, 한결같이 취중이었습니다. 내가 조직을 떠날 마음을 품고 있을 때, 그도 기자직을 버리고 큰 기업의 엔터테인먼트 사업부문을 맡아 자리를 옮겼습니다. 그는 그 일을 좋아했습니다. 높은 연봉과 근사한 대우를 즐기며 내게 질편하게 술을 사기도 했습니다. 조직에서 그의 임무는 수익을 낼 수 있는 영화를 발굴하여 투자하고, 그 수익을 극대화하여 기업에 되돌려 놓는 것이었습니다. 내가 조직을 떠나 스스로 삶의 겨울을 맞이하고 있을 때, 그의 삶은 봄날이었습니다.

오늘 그의 목소리는 여느 때보다 잔뜩 술에 잠겨 있습니다.

"김 대표님, 아니 외람되게, 형님! 나 더는 버티지 못할 만큼 힘듭니다. 지난 3년간 나는 엉망이었습니다. 이제 꼭 내려갈 겁니다. 뵙고 싶습니다. 형님의 이야기를 들어야 앞으로의 날을 살아갈 수 있을 것 같습니다."

나는 꽤 오랫동안 아무 말도 해주지 못했습니다. 이 상황에서는 해줄 수 있는 위로가 듣는 것 외에 별로 없다는 것을 알기 때문이었습니다. 얼마간의 침묵 뒤에 나는 나무가 겨울을 맞이하고 건너는 방법에 대한 이야기를 들려주었습니다.

"자연에는 겨울이라는 시간이 배치되어 있습니다. 사람도 자연의 일부여서 우리 삶에도 종종 겨울이라는 시간이 찾아 들죠. 하지만 대부분의 사람들은 자신에게 겨울이 찾아온 것을 알지 못합니다. 그래서 겨울을 맞았는데도 자신의 삶에 꽃이 피어나기를 바랍니다. 고통이 거기에 있어요. 겨울을 맞아서 고통스러운 것이 아니고, 겨울이 온 것을 알지 못한 채 지나온 봄날처럼 여전히 꽃피기를 바라는 데 우리의 불행이 있습니다. 나무를 보세요. 겨울이 오기 전에 나무들은 가장 붉거나 노랗거나 저다운 빛으로 잎을 물들입니다. 우리는 그것을 단풍이라 부르고 그 가없는 아름다움을 찬양합니다. 하지만 실은 단풍은 나무들이 자신의 욕망을 거두어들이는 모습입니다. 이제 곧 성장을 멈춰야 하는 시간을 맞으려는 의식이 나무들의 단풍인 것입니다. 그들은 마침내 봄날부터 피웠던 모든 잎을 버려 겨울을 맞이합니다. 벌거벗는 의식인 셈이죠. 우리는 그것을 낙엽이라 부릅니다."

그가 가만히 묻습니다.
"나무들은 발가벗고 뭘 하나요? 그냥 멈춰있는 건가요?"

내가 나직이 답합니다.
"나무들은 나목裸木이 되어 자신을 지켜냅니다. 겨울엔 오로지 자신을 지키는 일이 가장 중요하다는 것을 알고 있는 것이죠. 더 이상 소비도, 생산(인간으로 치면 무모한 모색)도 하지 않아야 한다는 것을 알기에 나목은 무언가를 생산하려는 시도를 멈춥니다. 당연히 소비도 최소한의 수준을 유지하고요. 간결해지는 것이고, 가벼워지는 것입니다. 어쩌면 다만 버티는 것인지도 모르겠습니다. 자연에는 그렇게 버티는 것만이 가장 큰 희망이고 수행인 시기가 있습니다.

© 윤광준

남쪽 볕 좋은 땅에는 매화가 피었다는 이야기를 오늘 들었어요. 그들의 꽃은 꽃눈을 뚫고 핀 것인데, 그 꽃눈은 도대체 언제 만들어졌을까요? 알면 놀랄 겁니다. 그것은 매화나무가 지난여름에 이미 만들어 가을과 겨울 동안 고이 지켜낸 것이거든요. 많은 것을 버려 겨울을 맞으면서도 매화는 그렇게 자신의 꿈과 희망만은 지키고 보듬었던 것입니다. 나무는 그때에 겸허한 모습으로 겨울을 인정합니다."

그의 목소리가 나직해졌습니다.
"저 정말 갈 겁니다. 형님 뵈러 꼭 갈 겁니다."

나는 "내려와요. 편한 날로 잡아서 내게 미리 연락만 주고 내려오면 되지요."라고 말해주었습니다. 그는 잦아들었고 우리의 통화는 곧 끝났습니다. 나는 우리가 불행한 이유에 대해 생각하며 잠을 청합니다. 오늘은 만월滿月일 겁니다.

나이

새해가 열리던 날은 평소보다 조금 일찍 눈이 떠졌습니다. 모로 누운 채 움직이지 않았습니다. 시선을 따라 창틀을 액자로 쓰고 있는 옹달샘 위의 느티나무 줄기와 가지를 바라보았습니다. 그에게도 움직임은 없었습니다. 발끝을 채우는 아랫목의 온기가 참 좋았습니다. 가만히 생각이 차오르기 시작했습니다. '아, 마흔 다섯의 아침이구나. 서른이 되던 해에는 결코 오지 않을 것 같던 나이가 내게 당도한 아침이구나'

기분이 좋아졌습니다. 이미 너무 어리지 않은 나이여서 실제로 닿기 어려운 거친 욕망은 대부분 내려놓은 나이. 아직 너무 쇠하지 않아서 여전히 포기하지 말아야 할 가치를 버리지 않고 간직하고 있는 나이. 너무 좁지 않아서 이쪽과 저쪽을 양철판처럼 튕겨내지 않고 오히려 가슴에 품어 새롭게 싹 틔울 수 있는 나이. 아, 내가 지금 내 삶의 그 국면을 맞았구나.

쌀을 안쳐 놓고 간단히 집안을 치웠습니다. 어제부터 읽기 시작한 붉은 색 시집을 다시 펼쳤습니다. 정말 좋아하는 시인이 12년 만에 새로 지어낸 시집입니다. 나보다 열 살이 많은 시인은 한때 사형수였습니다. 7년 넘는 독방생활 끝에 대통령의 특별사면으로 세상으로 돌아올 수 있었고, 지금은 세계를 주유하며 생명과 평화활동을 하고 있다고 알려져 있습니다. 그토록 자신의 삶과 철학, 사상에 정직했던 시인이기에 그의 이런 활동을 두고 말이 쉬운 누구는 전향을, 죽음의 문턱 앞에 단 한 번도 서본 적이 없는 누구는 변절을 이야기하기도 했습니다.

숲을 통해 생명을 보고 나를 보고 이웃과 건강한 공동체의 상을 그려 그 길로 나서게 된 나는, 시인이 생명 평화 활동을 하며 살고 있다는 소식을 듣고 안도했습니다. 이 시대에 점점 더 가속화되는 '풍요 속의 가난', '현란함 속의 어둠', '전 지구적 야만의 확산'을 해결할 거의 마지막 희망이 바로 생명에게 있다는 믿음을 나 역시 갖고 있는 사람이기 때문입니다.

시집에는 시인의 성숙한 지향이 고스란히 담겨 있습니다. 인간을 향한 꼿꼿한 사랑의 정신이 또박또박 새겨 있습니다. '악세히르 마을' 입구 어느 묘지의 묘비에 새겨진 3·5·8…… 같은 숫자들을

보면서 지은 〈삶의 나이〉라는 시에 오랜 시간 눈길이 머물렀습니다. 시인은 그 마을 묘비에 새겨진 숫자를 궁금해 하다가 마을 노인을 통해 그 의미를 알게 됩니다.

우리 마을에서는 묘비에 나이를 새기지 않는다오
사람이 얼마나 오래 살았느냐가 중요한 게 아니라오
사는 동안 진정으로 의미 있고 사랑을 하고
오늘 내가 정말 살았구나 하는
잊지 못할 삶의 경험이 있을 때마다
사람들은 자기 집 문기둥에 금을 하나씩 긋는다오
그가 이 지상을 떠날 때 문기둥의 금을 세어
이렇게 묘비에 새겨준다오
여기 묘비의 숫자가 참삶의 나이라오
― 박노해, 《그러니 그대 사라지지 말아라》, 〈삶의 나이〉

아내 역시 10년 가까이 딸 녀석의 문기둥에 금을 그어오고 있습니다. 딸 녀석의 키를 기록하는 표식입니다. 아내 덕분에 나 역시 자식의 물리적 성장을 기록하여 바라보는 것을 즐기고 있습니다. 그런데 시인을 통해 조금 다른 생각을 갖게 됩니다. 딸 녀석, 아니 나를 비롯한 우리가 시인이 말하는 참 삶의 나이를 헤아려보는 성찰을 기록해보면 어떨까요? 살아온 세월에 대한 기록으로서의 나이보다 정말 살았구나 말할 수 있는 경험과 시간의 기록으로서의 나이 말입니다.

　참 좋은 나이 마흔 다섯이 되던 날 아침, 오두막 문기둥에 금 하나 긋는 한 해 보내고 싶은 욕망이 조용히 내게 들어옵니다. 늘어나고 있는 흰 머리 숫자만큼 진정한 나이의 숫자도 늘어날 수 있다면 얼마나 좋을까요. 나는 오늘도 하루를 시작합니다.

세상의 가장 큰 가르침은
살아간다는 것 그 자체

삶에 무슨 정답이 있겠습니까. 삶을 가르칠 수 있는 교과서는 예전에도 없었고, 앞으로도 없을 것입니다. 갯메꽃이 바닷가의 과한 염분과 바람을 견디는 방법을 스스로 터득한 것처럼, 또 부족한 물을 지키기 위하여 제 모습의 꼴을 저답게 만들어낸 것처럼, 그대와 나 역시 무엇인가를 향해 살며 그렇게 저 자신의 꼴을 이루며 살 뿐입니다.

이따금 넘어지고 때로 춥고 배고픈 것, 그러다가 다시 기쁘고 행복한 나날이 찾아오는 것, 그리고 또 다시 전 과정을 반복하다가 스르르 되돌아가는 것. 그것이 모든 생명이 받아들이고 겪어야 하는 삶의 과정입니다. 그래서 세상의 가장 큰 가르침은 살아간다는 것 그 자체일 수밖에 없습니다.

그대 살아내는 삶이 스스로에게 스승이 될 수 있게 하시기 바랍니다. 스스로를 노래하며 살다가 우리 기쁘게 스치거나 마주하는 날 있기를 바랍니다.

편지를 받아주신 그대와 기꺼이 편지지가 되어준 나무들에게 감사하며.

숲에서 온 편지

초판 1쇄 발행 2012년 4월 5일
초판 7쇄 발행 2019년 12월 30일

지은이   김용규
펴낸이   정상우
편집   이민정
디자인   디자인스튜디오 203
관리   남영애 김명희

펴낸곳   그책
출판등록   2008년 7월 2일 제322-2008-000143호
주소   서울시 마포구 동교로13길 34 (04003)
전화번호   02-333-3705
팩스   02-333-3745
facebook.com/thatbook.kr
facebook.com/openhouse.kr

ISBN 978-89-94040-23-3   03810

그책 은 ㈜오픈하우스의 문학·예술 브랜드입니다.